Peter Neuber (Hg.), Meldörp-Böker 10.1

Joachim Mähl
Toter-Marieken
(Roma-Mariechen)

Ditschi-Platt,

truust' di dat?

Ortsnamen in der Titelkarte

in SASS-ergänzender Schreibweise: Âlversdörp,
Friechsköög, Hėnnsteed, Mârn, Nŏŏrhasteed, Wŏhren

Peter Neuber (Hg.)

www.ditschiplatt.de (auch zum Download des Wörterbuchs ›Wöhrner Wöör‹)
email: PeNeuberWoehrden@aol.com

Meldörp-Böker

(Textböker tö de ›Wöhrner Wöör‹)

Bis 2018 waren folgende Titel aus dem Internet kostenfrei, als ›**Frie' Woor**‹, herunterladbar, jeweils in zweiter, geänderter Ausführung von 2015-11-15:

Nr. 1: Verscheden Schrieverslüüd

Nr. 2.1: Klaus Groth, Quickborn 1

Nr. 3.1: Johann Hinrich Fehrs, Op Holsten-Eer

Gedruckt erschienen im Selbstverlag, jeweils in zweiter, geänderter Auflage, 2015-11-15:

Nr. 3.2: ISBN 978-3-9817316-6-8 Johann Hinrich Fehrs, Allerhand Slag Lüüd

Nr. 4.2: ISBN 978-3-9817316-7-5 Theodor Piening, De Reis no'n Hamborger Doom

Nr. 5.1: ISBN 978-3-9817316-8-2 Heinrich Johannes Dehning, Junge
Schoolmeisterjohren in Dithmarschen vör 1900

Nr. 8.2: ISBN 978-3-9817316-9-9 Georg Droste, Odde Alldag un sien Jungstöög

2018 erschienen bei Tredition in 3. Auflage (Quickborn 1 in 1. Auflage)
als **Paperback** und **Hardcover** und **eBook**:

Nr. 2.1: Klaus Groth, Quickborn 1 (1. Auflage)

Paperback: 978-3-7469-8470-4 (11,99 €) – Hardcover: 978-3-7469-8471-1 –eBook: 978-3-7469-8472-8

Nr. 3.2: Johann Hinrich Fehrs, Allerhand Slag Lüüd (3. Auflage)

Paperback: 978-3-7469-6766-0 (15,99 €) – Hardcover: 978-3-7469-6767-7 –eBook: 978-3-7469-6768-4

Nr. 4.2: Theodor Piening, De Reis no'n Hamborger Doom (3. Auflage)

Paperback: 978-3-7469-6812-4 (15,99 €) – Hardcover: 978-3-7469-6813-1 –eBook: 978-3-7469-6814-8

Nr. 5.1: Heinrich Johannes Dehning,
Junge Schoolmeisterjohren in Dithmarschen vör 1900 (3. Auflage)

Paperback: 978-3-7469-3473-0 (13,99 €) – Hardcover: 978-3-7469-3474-7 –eBook: 978-3-7469-3475-4

Nr. 8.2: Georg Droste, Odde Alldag un sien Jungstöög (3. Auflage)

Paperback: 978-3-7469-0882-3 (11,99 €) – Hardcover: 978-3-7469-0883-0 –eBook: 978-3-7469-0884-7

2019 erscheint nun bei Tredition:

Nr. 10.1: Joachim Mähl, Toter-Marieken *(Roma-Mariechen)* (1. Auflage)

Paperback: 978-3-7497-8727-2 (8,99 €) – Hardcover: 978-3-7497-8728-9 –eBook: 978-3-7497-8729-6

Peter Neuber (Hg.)

Meldörp-Bōker

Nr. 10.1 (1. Oploog 2019)

Joachim Mähl

Toter-Marieken

(Roma-Mariechen)
(no de 2. Oploog vun 1873)

Der zugrundeliegende Text erschien 1873 in 2. Auflage bei Meißner in Hamburg:

Joachim Mähl, Tater-Mariken, *(MäJ1b)*

In der vorliegenden Ausgabe wurde der Mähl-Text sprachlich mit Vorsicht aktualisiert und um **Textverständnis-, Aussprache- und Grammatikhilfen für Dithmarschen auf Schritt und Tritt** ergänzt. Es soll **ein Buch für Jedermann** sein. Jede Stelle des Buches soll auch für diejenigen erschließbar sein, die dies eigentlich wegen ihrer Platt-Ferne nicht (mehr) für möglich halten.

Vor allem sollen die Texte **in Dithmarschen
lautlich leichter korrekt gelesen und vorgelesen werden können,**
sie sollen so leicht wie möglich über die heutige Zunge gehen!

Selbstverständlich geht es nicht darum, Joachim Mähl zu korrigieren! Falls sich Text-Änderungen ergeben, fordern diese zum aufmerksameren Lesen des Originals auf!

Es handelt sich hier um ein

Niederdeutsches Textbuch
zum Wörterbuch Wöhrner Wöör (›Wōhrner Wōōr‹)
in
SASS-ergänzender Schreibweise.
Dat hēēt: in SASS-Schrievwies mit Dithmarscher Opsetters. Vör ållen wārrt de Diphthongen kenntli mookt – un dat is vun Vördēēl in hēēl Slēēswiğ-Holstēēn!
Datt ēēn würkli luut lesen un vörlesen kann!

Stand: 2019

Meldörp-Böker

= Platt-Klassiker für Dithmarschen

(+ Kompetenztraining in Dithmarscher Platt)

Liebe ältere und jüngere und neuere Dithmarscher,
liebe Urlauber in Dithmarschen,
liebe Deutschlehrer*innen und Schüler*innen der Sekundarstufen,
liebe Deutschlehrer*innen und Germanistikstudent*innen aus Dithmarschen,
liebe Freunde des Plattdeutschen überall,
die ›Meldorf-Bücher‹ enthalten Dithmarscher Platt,
die alte Dithmarscher Sprache, aber *verständlich*
und in geeigneter ›SASS-ergänzender Schreibweise‹,
un dõrmit *luut leesbor* un *võrleesbor*!

Ditschi-Platt?

Ik tru mi dat!

Peter Neuber (Hg.), Meldörp-Böker 10.1

Joachim Mähl
Toter-Marieken

Copyright © 2019 by Peter Neuber, D25704 Meldorf
Gestaltung des Buchtitels: Manfred Schlüter, D25764 Hillgroven
Digitale Einband-Umsetzung: WoWi vom Deich

Auflage 1 (2019)
Verlag und Druck: tredition GmbH, Halenreie 40-44, 22359 Hamburg
Paperback: **ISBN 978-3-7497-8727-2**
Hardcover: **ISBN 978-3-7497-8728-9**
eBook: **ISBN 978-3-7497-8729-6**

Schwarzweiß-Kurzfassung
der Aussprachehilfen für Dithmarschen!
Mit farbiger Unterstützung finden Sie
diese Tabelle auf der Buch-Rückseite!

—— Aussprache-Steckbrief für Dithmarschen ——

Sprich ŏ als [oᵘ] (though), ē als [eʲ] (day), ŏ̈ als [oʲ] (boy, moin, Heu, Häuser)!

Sprich â vor l+Konsonant & vor r+Konsonant als lang-a, [a:] (engl. half [ha:f], dark [da:k])!

Sprich ė als kurz-i (hin, Strich, Wirt); ġ|ġt als hart-g (Bug); ƀt als hart-b (lieb)!

Sprich -ƀen (ölƀen, sülƀen) (Sass: -ven) als -bᵉn, -b'n bis hin zu -m [ölm, sülm]!

Sprich ğ wie in ›mich‹, ǧ wie in ›Dach‹: (weğ, Weğ, Tüüğ; Daǧ, Dooǧ, maǧ, Bedruǧǧ)!

Sprich das r nach langem Vokal als nachklingendes a: [oᵘᵃ, eⁱᵃ, oⁱᵃ, ...]:
Mŏŏr, Ēēr, Wŏ̈ŏ̈r, Fŏ̈hr, Hoor, möör, Buur: ›Mouᵃ, Äiᵃ, Woiᵃ, Foiᵃ, Hooᵃ, mööᵃ, Buuᵃ‹!

Sprich sp, st wie ›spitzen Stēēn‹, sprich aber schr mit hochdeutsch-breiter Zunge!

Sprich das s in sl, sm, sn, sw möglichst als scharfes s oder als Zungenspitzen-sch!

Sprich j wie Journalist (jo, jüm, Jung); ä, ää, äh wie e, ee, eh (Jäger, nä, dääğli, Fähr)!

Bezüglich ᴹ³, ᴹ⁴ᵃ⁻ᵈ siehe unter **Kennmarken M3, M4**!
Bezüglich ˣ⁰¹, ˣ⁰⁸, ˣ¹¹ ... siehe unter **Regionale Besonderheiten**!
Bezüglich * siehe **Grabbelkiste, Worterklärungen**!
Dies alles und weiteres finde vorn im Inhaltsverzeichnis!

Könner können
unter den Zusatzzeichen und über die Hilfen hinweglesen!

Weniger Versierte
folgen den hilfreichen Hinweisen ganz nach Bedarf!

Unter den Balken|Punkten findet sich die **Sass'sche Schreibweise**!

Joachim Mähl, Toter-Marieken (Peter Neuber, Meldörp-Böker 10.1   2019)   5

Warum (ab Herbst 2015) diese ›SASS-ergänzende Schreibweise‹?

Beide Schreibweisen, die zuvor verwendete wie die jetzige, stehen fest zu SASS (zum PLATT-DUDEN für NS, HH, SH seit 1956), ergänzen ihn aber und sind für Dithmarschen und ganz Schleswig-Holstein gleichermaßen tauglich. Traditionell werden hier die Diphthonge, die Zwielaute [o^u, e^i, o^i |ö^ü], nicht als Doppellaute (z. B. als ou, ej, oi|eu|äu) geschrieben, sondern als o, e und ö.

Meine ältere ›**Dithmarscher Schreibweise**‹ hielt sich an das Prinzip unserer Dithmarscher Altvorderen Groth und Müllenhoff, die die langen Monophthonge|Einlaute kennzeichneten, die problematischen Zwielaute aber nicht. Diese traditionelle Schreibweise erzeugte leider immer ein riesengroßes Problem: Die Monophthonge|Einlaute wurden unnötigerweise hervorgehoben; aber nur über sie konnte man sich die nicht markierten Diphthonge|Zwielaute logisch erschließen (indirekt, nach der Methode ›vun hinten durch die Brust ins Auge‹). – Immerhin, man konnte! Behelfsmäßig unterstützte ich dies durch Anhebung der Diphthonge.

Meine neuere nun verwendete ›**SASS-ergänzende Schreibweise**‹ markiert direkt die Problem-Zwielautbuchstaben o, e und ö durch einen Balken (ō, ē und ȫ) und sagt: Dies ist höchstwahrscheinlich ein Doppellaut [o^u, e^i bzw. o^i |ö^ü], auch wenn er nicht so aussieht! Und die balkenlosen Buchstaben o, e und ö werden ganz normal als o, e und ö gelesen. – Schon Otto Mensing verwendete in seinen Lautschriftergänzungen die Zeichen ō, ē und ø, um auf Zwielaute bei Einlaut-Schreibweise hinzuweisen, für ganz Schleswig-Holstein! Und Peter Jørgensen (1934: Die Dithmarsische Mundart von Klaus Groths ›Quickborn‹) tat dies zum gleichen Zweck mit ō, ē und ȫ. (ausführlicher S. 108!)

Der Autor Joachim Mähl

(nach Peter Hansen, Die niederdeutsche Literatur)

Joachim Mähl wurde am 15. September 1827 in Niendorf in Holstein (heute: HH-Niendorf) als Sohn eines Bauern geboren. Durch den frühen Tod seines Vaters konnte er seinen Wunsch, Pastor zu werden, nicht erfüllen. Er besuchte von 1845 bis 1848 das Lehrerseminar in Segeberg, wurde auch 1851 dort Lehrer. Ab 1854 war er Oberlehrer in Reinfeld, wo er bis 1889 blieb. Er starb am 4. Juli 1909 in Kiel.

Was im Buch ist Platt, was Hoch?

Wöör un Sätz in normoolgröte un löötrechte Böökstoben:
Platt
Wörter und Textpassagen in normalgroßer und kursiver Schreibweise: **Hochdeutsch**, zumindest **kein Platt**

Wöör in lütte un löötrechte Böökstoben:
Platt (tömeist Uttuusch-Wöör)

Wörter, in kleiner und kursiver Schreibweise:
Hochdeutsch *(Übersetzungen oder i.d.R. hochdeutsche Erklärungen)*

Ditschi-Platt?

Hē truut sik dat!

Wat in dat Bōōk steiht

Auf den letzten Seiten (›Klappentexte 2 + 3‹):

Information über die Nutzung der **Wōhrner Wōōr**

Werbung für die **Meldörp-Bōker** und speziell für dieses

Verwendete Literatur und Verweise darauf im Buch

In die Mähl-Texte sind die Original-Seitenumbrüche in der Form *(MäJ1b.044)* eingelassen: **Joachim Mähl, Tater-Mariken**, Hamburg bei Meißner, **1873**, 2. Auflage

Im Mähl-Kapitel-Verzeichnis und am jeweiligen Kapitelanfang wird in der Form *(MäJ1a.###)* auch verwiesen auf: **Joachim Mähl, Tater-Marikn**, Altona bei A. Mentzel,**1868**, 1. Auflage

Joachim Mähl

Stückschen ut de Muuskist 1

Toter*-Marieken

(MäJ1b.005 – Kiek ōōk MäJ1a.004)!

An de lēven[X59] Lesers

Gō'n[X50] Dağ! – Schōn' Dank ōōk!

Nä, dat is wohrhaftig kēēn Spoos! Ik treed|tree'[X60] wull wat gottsfürchtig un driest vör jüm|ju[X02] op, gor ni[X20], as wėnn't dat ēērste Mool is. Over jüm|ji|ju[X01] schullen[X62b]|solltet man|nur weten, wosück[X30]|wie mi de Büx bevert! Dat is blōōts ni sō tō sēhn, dorum datt[X25]|weil ik ėn Plattdüütschen bün un ik de Büx in de Steveln dreeğ. – Schåll ik jüm|ju mool sėggen, wo[X30]|wie mi Stackelsminsch|armem Würstchen dor tō Mōōt bi is? – Jüst as sōōn driesten|drōken, opsternootschen|drēēhorigen|trotzigen Jung, dē vör sien Persetter*|Schōōlmeister steiht un sien Lex|Lektion opsėggen schåll, un dē sik ni seker is, watt[X26]|ob de Ōl'|der Alte nōōssen|nachher ni no sien Handwårkstüüğ|Stock grippt un sėğğt: ›Du Düvel, wat hest du dien Soken slecht mookt! Wullt|Willst du moken, datt[X24] du weğkummst! Un koom mi sō ni wedder[X41a]!‹ Un wårrt Persetter dėnn noch de Rōōd|Rute hōōch in't Ėnn|in die Höhe hōlen|halten ōder wårrt hē ėm hattli|herzlich ankieken un ėm fründli över de Backen eien|streicheln un sėggen: ›Na, dat gung je wull, ik bün tōfreden; over annermool mutt dat noch beter gohn!‹ – Nu, wat ik jüm|ju[X02] dėnn beed|bee'[X60], is: Wėnn't jichens|irgend mȫȫ́ğli is, dėnn loot mi mit ėn blau[M3] Ō̄ōğ dorvunkomen; dėnn dat Leben is je tō sō̄ōt|echter nach der ersten Auflage, (MäJ1a.004): dėnn dat Leben is je sō sō̄ōt as Mōder[X12] ehrn Titt|Zitze|Brustwarze un de Dōōd is (MäJ1b.006) sō bitter. Ik will jüm|ju ōōk[X22] gėērn mool ėn Gefâllen wedder[X41a] dōōn. Un wėnn jüm|ji|ju[X01] mien Geschicht vėllicht lieden mȫȫğt, dat is mėnnigmool je ni[X20] tō weten, dėnn weest|seid blȫȫts ni blȫȫd|bescheiden un schenēērli un seğğt driest: ›Koom bâld mool wedder!‹, wėnn ik ›Tschüüs!‹ seğğ. Dėnn ik wēēt noch mēhr vun dat Slağ un vertell jüm|ju dat gėērn, wėnn jüm|ji|ju dat blȫȫts hȫren mȫȫğt. – Sō, Kinners, nu dōōt mi dėn ēēnziğsten Gefâllen un vergeet dat ni, wō̄[X31] ik jüm|ju sō truhattig un plattdüütsch – platt un düütsch – um beedt heff!

Reinfeld, Wiehnacht 1867.

De Auter.

Ditschi-Platt?

Truut sē sik dat?

Vörreed tö de twēte Oploog

(MäJ1b.007)

An mien lēven[X59] Lesers

Nu mutt ik jüm|ju over ēērst ēn lütten Spoos vertellen. Dor bün ik köttens mit mien ōlen dicken Stoffer-Ōhm[X13] in dat grōte Stadttheoter in Hamborg, un dor sungen un spelen süm|se[X04] di, datt[X24] de Heid man|nur sō wackel|wackelte. Singt dor ōōk sōōn lütt[M3] Krötendings|Krööt|Knirps hēēl|ganz allēēn, ēn Popp vun ēn Dēērn. Un as dē utsungen hett, wârrt di dat mitmool ēn Trampeln mit de Fōōt un ēn Bâllern in de Füüst, datt ik dēnk: ›Na‹, dēnk ik, ›nu fâllt de hēle Kasten in' Dutt|zusammen zu einem Haufen!‹ Un dat schriggt dor ēēn mang'n annern dör, ut vullen Hâls: „Da capo! Da capo! Da capo!" – „Stoffer-Ōhm", seğğ ik, „wat schâll dat bedüden?" – „Jung", seğğt hē, „dat hēēt ›datsülvige nochmool‹." Un richtig|würkli! De Dēērn kēēm wedder[X41a], mook ēn allerdüvelsdingschen Knix un sung ehr Stückschen noch mool. Un as sē nu kloor wēēr (na, nu hōōlt sik|ju[X08] wiss|fast!), dō[X23] fung de Lârm un Spektokel ēērst recht an: ›Hest du ni[X20], sō kannst du ni!‹, ik wēēt blōōts, süm|se[X04] kunnen dat! Un de lütte Krööt vun Dēērn, sō sōōt as ēn Zuckerpopp, dē lēēp nu sō krâll|lebhaft un sō drâll|stramm sō tōrüchlangs|morslangs|rückwärts achter ruut|nach hinten ab un mook sōōn nüüdlige Dēners|Bückels un smēēt in ēēn Törn weğ wücke|einige Kusshannen no uns rop, datt mi orri[X90] de Mund wötern worr|wässrig wurde un mien ōl' Stoffer-Ōhm sō bi *(MäJ1b.008)* sik sülben utrēēp: „Datt di de Dunner!" Un de Dēērn neih ut|haute ab. Un nu wedder de Heidenlârm un

Spektokel! Un jümmer[X21]: *„Heraus! Heraus!"* Jo, schier as unklŏŏk, dėnn sē wēēr je al[X27]|*schon* ruut. – As ik mi nu wedder sō veel besunnen hârr, sä ik tō mien Stoffer-Ōhm: „Stoffer-Ōhm", sä ik, „dat will ik mi mârken. Wėnn mien lēven[X59] Lesers un hattlēven[X59] Landslüüd dat ōōk sō mookt, ..."

Kinners, ik bün blŏŏts bang, ik krieğ sōōn Dings vun Knix un sōōn Bückels ni kloor, un sōōn Kusshannen. Dėnn mit de Büx in de Steveln is dat sōōn Sook, un jüm|ji|ju[X01] lacht mi luuthâls wat ut. – Na, ik bedank mi dėnn ōōk veeldusendmool, – un ›datsülvige‹ noch mool.

Reinfeld, Wiehnacht 1869.

De Auter.

Ditschi-Platt?

Truut wi sik dat?

Aussprachehilfen für ō, ē, ŏ̄, â, ė, ƀ, ġ, ğ, ğ: siehe Seite 5 UND Buchdeckel!

(MäJ1b.129) **Vorbemerkung.**

Für diejenigen meiner Leser, welche es aus einem höheren Gesichtspunkte interessiert, das Volk des niederdeutschen Kulturgebietes genauer in seiner Urwüchsigkeit und plattdeutschen Redeweise kennenzulernen, habe ich alle entsprechenden, diesem Gebiete eigentümlichen – ›derben‹ Ausdrücke und Redensarten, die hier, unbeschadet der sittlichen Reinheit, gang und gäbe sind, in [meinem] Glossar, wenigstens – andeutend, beibehalten, sie aber im Texte dieser zweiten Auflage dagegen aus besonderen Gründen gänzlich vermieden oder doch gemildert. Ich glaube, somit verschiedenen und sich untereinander widersprechenden Wünschen, die in der freundlichsten Weise an mich ergangen sind, nach beiden Seiten hin nach Vermögen und pflichtschuldigst Rechnung getragen zu haben.

De Auter.

Ergänzung: Der Herausgeber dieser Ausgabe von 2019 hat die vermiedenen Ausdrücke teilweise wieder eingebaut!

P. N.

Kapitel 1

(MäJ1b.009 – Kiek ōōk MäJ1a.005!)

Uns' lēv' Herrgott is ėn ēgen Mann! Hē hett sien Kopp för sik un op de rechte Steed|Stee'[X60], un hett ōōk[X22] sien ēgen Gedanken dorin. Un hē geiht sien ēgen Weġ; un wėnn wi lēven[X59] Minschenkinner dor ni[X20] sō recht klōōk ut wârrn köönt, dėnn dorum datt[X25] wi ėn Brett vör'n Kopp hebbt. Dēpe Insichten hebbt wi blōōts, wėnn wi in' Sōōt|Brunnen kiekt; un dėnn mēēnt wi in unsen dummen Minschenverstand mėnnigmool, dit un dat kunn un muss wull sō un sō komen. Man|Aber hē dėnkt: ›Dat is je âll recht gōōt[X50], wėnn ik dat man|nur ni beter wuss|wüsste!‹ Un dat kummt dėnn hēēl|ganz anners, as wi sik|uns[X07] dat dacht hebbt. Un wėnn uns nōōssen ėn Licht opgeiht un wi dor achterkoomt, ›Herr Jē'!‹, dėnn verwunnert wi sik|uns ni slecht un mookt grōte Ōgen un ėn lange Nöös un slooġt|sloot de Hannen tōhōōp un seġġt: „Nä Kinners, 'kēēn[X33]|wokēēn|wer hârr|hätte dat ōōk dacht!"

Na, jüm|ji|ju[X01] wârrt sik|ju[X08] nu ōōk al[X27]|schon gliek ni slecht verwunnern, wėnn ik jüm|ju[X02] vertell, datt[X24] de ōl' Persetter* in *(MäJ1b.010)* Düvelsbrōōk mool ėn lütt[M3] Kind kregen hett. Dat wēēr ėn lütte Dēērn. Jüm|Ji|Ju smuustergrient nu vėllicht un mēēnt, ik wēēt mien Wöör ni recht tō setten, un dėnkt, ik mēēn dėn ōlen Persetter sien Fru. Over, Kinners, dor sünd jüm|ji|ju bōōs[X90]|bannig op'n Holtweġ, dėnn wo[X30]|wie kann ik dē wull mēnen! Hett hē sien Dooġ|jemals ėn Fru hatt? Âll sien Dooġ ni|Niemals! Dėnn sō lang hē Persetter is, hett hē blōōts mit sien ōl' Marieken tōhōpen leevt; dat wēēr sien Huushōlersch[X16] |Haushälterin. Ėn Fru hett hē ēērst kregen, as sik dat ni mēhr ännern lēēt, as hē dat lütte Göör|kleine Kind (nicht verächtlich!) al hârr.

Na, dat heff ik mi wull dacht, nu smuustergrient jüm|ji|ju[X01] ēērst recht un seġġt: „Dėnn hett sien Marieken ėn lütte Dēērn kregen!" Dat seġġt mi over blōōts nochmool, dėnn will ik jüm|ju[X02] wohrhaftig wat anners vertellen! Marieken schull[X62b] ėn lütte Dēērn kriegen? Dat is je dėnn doch wat lachhaftig. Nä, nä! Wunnerli is sē wull, over ėn Boos|Meister vun Fru is sē ōōk. An Kinnerkriegen hett sē wull in' Drōōm ni[X20] dacht un hett ōōk kēēn kregen. Over, as ik seġġ, ehrn ōl' Persetter*! Un dat noch op sien ōlen Dooġ, un dat is ėm ōōk suur nōōġ|genug worrn. Na, mit **sō** wat muss|müsste ēēn Marieken komen! Bi ehr kēēm|käme hē an de verkēhrte Adress! Persetter nöōmt|nennt ehr twoors ›du‹, over sē ėm ›Hē‹, un dat hēēt sō veel as: ›Drēē Schritt vun' Lief!‹

Ik kann un will nu jüst ni in Afreed stellen, datt süm|se[X04] sunst tōhōpen leebt|leben as Mann un Fru, over in allen Ēhren un in Gottsfürchtiġkeit! *(MäJ1b.011)*

De beiden Ōlen hōōlt|halten tōhōpen as de Klieben|Kletten, sünd vun buten ōōk ebensō ruuġ|rau un stickelig|stachelig. Is Marieken wat mēhr ruuġ, sō is hē wat mēhr spoossig un spitz un prickelig|provozierend??. Over âll beid' sünd süm|se inwennig |innerlich lieker|ebenso sund[X38]|gesund as echt in't Hatt, as ēēn dat mėnnigmool bi sōōn ōl' dwērige|wruckige|querköpfigen un stiefköppsche|dickköpfigen Lüüd hett, jüst as bi ėn Ēēkbōōm! Sōōn Ēēkbōōm, wo[X30] mėnnigēēn Stormwind|wie viele Stürme hebbt|haben dē sik al[X27] um de Ōhren weihen loten! Wo ruuġ un rubberig un knasterig|rau, runzlig, astreich sēht[X58] süm|se vun buten ut, un doch: Süm|Ehr[X06] Holt, wo sund is dat in' Kârn, wo fast un seker, de schöönsten Scheepsplanken! Dėn|Dem Wind, dat|dem Wedder[X41c] un de|den Wellen sünd dē noch an besten wussen|gewachsen. Sō de beiden Ōlen ōōk, un süm|se kėnnt|kennen sik as ėn Schülgen|Schilling, binnen un buten, süm|ehr[X06] gōden[X50], wunnerligen, lēgen|schlechten un swacken

Sieden. Dėnn leest|*lesen* süm|se[X04] mool dėn Obendsegen tōhōōp, un dėnn de Leviten|*zurechtweisen*. Süm|Se schellt |*schimpfen* sik ōōk mit|*gelegentlich*, un gnurrt un brummt un muult|*knurren, brummen, maulen*, bet âllns wedder[X41a] vergeten un vergeben is. Dat is jüstsō as twischen Mann un Fru, blōōts datt süm|se sik bi't Verdregen ni[X20] küssen un snuteln|*küssen* dōōt un sōtōsėggen vun Bett un Pöhl|*Pfühl*|*Unterbett* schēēdt|*geschieden* sünd, sunst jüstsō. Un Marieken hett ōōk de Büxen an, sē hett dėn Ōlen orri[X90] ünner'n Tüffel, utnohmen bi ēērnsthaftige Soken; dėnn gifft de ōl' Persetter* ni sō licht wunnen Speel un kēēn Rōh[X52] un Freden|kēēn Plitt un Perduun, Marieken maġ wüllen[X63]|*wöön*|*wollen* ōder ni.

Sō veel is over wiss|*gewiss*: Hett **hē** dat Vörlesen bi'n Obendsegen, sō **sē** besunners bi de Leviten. Un (MäJ1b.012) mėnnigmool kann al[X27] ėn beten wat moken|dōōn|*auslösen* un sē kummt mit ėm in Striet. Un wėnn hē dėnn ni oppasst|hē sik dėnn ni wohrt, sō hookt de Klieben|*Kletten* tōhōōp. Hē kann man|*nur* mool ėn beten Tobacksasch ut sien Kâlkpiep op dėn Fōōtborrn fâllen loten, manġ dėn witten Sand, ōder in Gedanken sien Piep in dat blanke mischen|*messingene* Spieġnapp|Spie'napp|*Spucknapf* utpurren|*ausstochern*, dėnn is dat al verkēhrt. Ōder hē leġġt ėn anbrėnnten Fidibus|*Pfeifenanzünder* op dat wittlinnen|*weißleinene* Dischloken dool ōder hē stellt sien Bōker un Blōōd|*Zeitungen* ni jüst un genau op süm|ehr[X06] Steed hėn; dėnn kann hē sik seker op sōōn lütt' kotthorige|*kurzangebundene* Schietreis|*Standpauke* inrichten, dē sik wuschen un kėmmt hett. Dėnn rein un propper un blank un akkeroot mutt sē dat hėbben, dorför is sē de Fru in't Huus. Un wėnn nu gor Reinmokerdaġ un Schüürdaġ is, dėnn mutt ehr jo kēēn Minsch an' Leuwogen|*Schrubber* fohren, ik wull |*wollte*|*würde* ėm dat ni roden! Un de ōl' Persetter kėnnt ehr tō gōōt[X50], un geiht ehr dėnn noch wieder as drēē Schritt ut'n Weğ.

An lēēǧsten|*schlimmsten* sitt de ōl' Mann dor over mit sien Kârkenbȫker tō. Wėnn hē nöömli mēēnt, hē hett sik de Nummer opsloon, wō[X31] hē ėn Dōden ōder ėn Bruutpoor ōder ėn lütten dōōtboren Jung ōder ėn lütte krâlle|*muntere* Dēērn inschrieben schâll, un hē hett ōōk[X22] sien Zeddels vun Herr Paster (ōder ėn Fidibus) dor rinleǧǧt un hē geiht nu dėnn man blōōts mool ruut, sō is âllns an'e Siet, wėnn hē wedder[X41a] rinkummt. Un no sien Zeddels kann hē lang sȫken! Dėnn Marieken hett dē mitsamts dėn Fidibus in' *(MäJ1b.013)* Oben steken un opbrėnnt. Un wėnn hē dėnn man|*nur* froogt, wō sien Papieren bleben sünd, dėnn wēēt hē gliek Beschēēd, dėnn sett dat nöömli wat. Un wėnn hē sik dėnn ni[X20] geben|*fügen* will (un gnurrt un brummt) un wat spitz un prickelig wârrt, dėnn gütt hē blōōts Ȫōl in't Füür un verbrėnnt sik de Nöös un de Fingern. Un wėnn dat Füürwârk dėnn bilüttens wedder sacken deit, dėnn geiht dat Mulen an|*los* un de Köhlen glȫȫst noch ėn Tietlang sō fōōrt, bet dē sik dėnn vun sülben dōōtglimmt un utgoht un dor tōletzt nix vun noblifft as de griese Asch.

Nä, nä! Wat ik jüm|ju[X02] seǧǧ, mit de Marieken is op wisse |*gewissen* Rebēden|Flachs|*Gebieten* ni tō spoossen, un nu noch gor mit Kinnerkriegen! *Herr, du meine Zeit!* Jüm|Ji|Ju[X01] schullen[X62b]|*solltet* ehr blōōts mool hȫren, wėnn ehrn ōl' Persetter* ėn unēhli[M3] Kind in't Kârkenbōōk tō schrieben hett, 'sück[X30] sē dėnn op de willen un lēgen Dēērns|Rackers vun Dēērns schellt! „Ârbeiden mağ dat Tokeltüüǧ|Rackertüüǧ ni!", seǧǧt sē dėnn, „over wėnn dor man|*nur* ėn Fiedel rȫhrt wârrt, ... heidi, hopsa! Dėnn is de Düvel lōōs, dėnn wârrt dor sprungen un schüürt un ... (Gott vergeev mi âll mien Sünnen!) nȫȫssen breekt süm|se[X04] mit ėn Gȫȫr dool un süm|ehr[X06] ēgen ōl'

Mudder|Mōder[X12] mutt dat dėnn grōōtmoken un wēgen |deien|wiegen un Kinnerdōker|Windeln waschen! Na, ik schull[X62b] |sollte sōōn Dochter hėbben un dē broch|brächte mi sōōn Göör in de Koot! Mit dat ēērst' best' Stück Dings vun Bessenstööl broch ik dat Luder mitsamts ehr Göör vun Kind över'n Drüssel|die Schwelle! De Düvel schull|sollte ehr holen!" (MäJ1b.014)

Un disse Marieken schull ėn lütte Dēērn kriegen? Nä, wėnn de beiden Ōlen noch ėn Kind hėbben schüllt[X62a]|schööt|sollen, dėnn mutt de ōl' Persetter* dat al sülben kriegen. Sunst wârrt dor nix vun, un as al seġġt, **dat** hett hē ōōk doon, glȫȫbt dat ōder glȫȫbt dat ni[X20]!

Ditschi-Platt,

truut sik dat!

Aussprachehilfen für ō, ē, ȫ, â, ė, ʙ, ġ, ǧ, ǧ: siehe Seite 5 UND Buchdeckel!

Kapitel 2

(MäJ1b.015 – Kiek ōōk MäJ1a.011!)

Dat wēēr in' Russenwinter, *anno* twölf un dörteihn. Uns' Herrgott wēēr jüst bi, sien Roosch|Iever|*Zorn* an dėn grōten Spitzbōōv vun Bonapart un sien Tokeltüüǧ|Pack vun Franzōsen tō kȫhlen|uttōwetten (wō[X31] gottsleider ōōk ėn Bârǧ vun uns' ēgen lēven[X59] Landslüüd mit in't Gras, ōder wull beter seǧǧt, in dėn Snēē bieten mussen|*mussten*). Hē wies süm|ehr[X05] mool, wat ėn Hârk is. (Dat dä hē ōōk je dōmools bi dėn Kȫnig Pharao un sien Landslüüd in de *Bibel*, wies süm|ehr[X05], datt hē noch Herr wēēr un dėn Kopp boben hârr un dat Regiment in de Hand. Dat hett hē mittō|*gelegentlich* sō an sik, as ik man|*nur* sėggen wull.) – Dō[X23] kummt dor an' Obend bi dėn Buurvooǧt |*Bauernschaftsvorsteher*|*Bürgermeister* in Düvelsbrōōk, wat dėn ōlen Persetter* sien Swoger is, ėn Toterminsch|*Zigeunerin*|*Romafrau* an, mit ėn lütt[M3] Kind achter in' Sack op de Nack|Rüchsack. Dat lütt' Göör kann wull ėn hâlf[M3] Johr ōōlt ween[X82a]. Mudder|Mōder[X12]|Ōōlsch un Kind sünd bannig[X90]|bȫȫs verfroren. De Ōōlsch[X16] ehr gelen Backen|*Wangen* sünd richtig blau, un dat lütt' Göör is meist verkloomt|*erstarrt*, sō dull un sō wârm dat ōōk inmummelt un inbünzelt|*2x eingepackt* is. Süm|Se[X04] wüllt[X63] |wööt|*wollen* bi dėn Buurvooǧt ėn Nachtloger hėbben. Wat dėn Buurvooǧt sien Fru is, ōl' Persetter sien Süster, dat is ėn ōl' dicke Ōōlsch un hett ėn gōōtmȫdig[M3] Hatt.– „Trina", seǧǧt sē tō ehr öllste Dochter, ėn Dēērn vun *(MäJ1b.016)* ėn Johrer teihn|vun bummelig teihn Johr, „Kind, sett mool ėn lütten Putt mit Melk bi't Füür|*auf den Herd*, ik will Twēēbackbrie|Mȫȫschen moken, datt wi dat lütt' Worm vun Göör wedder[X41a] opdaut." Un de Toterōōlsch[X16]|*Roma-Mutter* mutt sik achter'n Oben doolsetten un kriǧǧt ėn Teller vull wârme Grütt un Botterbrōōt. As dat Minsch|*die Person* nu itt, frooǧt ehr de Buurvȫȫǧtsch[X16]|*Frau des*

Bgm. no dit un dat. Wat over dat Slimmst' is, sē kann ehr ni[X20] recht verstohn. Sē kriğğt over doch no un no sō veel vun ehr ruut un klōōk|2x *sie erfährt*, datt de Ōōlsch mit ehr lütt[M3] Göör muddersēlenallēēn|*mŏder-*[X12] op de Welt steiht. Dènn, wat ehrn Mann ween[X82b] is, dē is al[X27] ēn Johrs Tiet|*ein Jahr lang* dōōt. De Buurvööğtsch[X16] kickt dat Toterminsch hēēl|*ganz* duursoom |*bedauernd* an un dat lütt' Göör ēērst recht, besunners as de Ōōlsch dat an de Bost leğğt un sugen lett; un sē lett ehr dat an nix fehlen.

As dat nu Bettgohnstiet is, seğğt de Buurvööğtsch tō de Toterōōlsch|*Romamutter*: Ehr lütt[M3] Göör kann sē man|*getrost* nerrn loten in de Stuuv|*Döns*, dat kann in ehr Wēēğ slopen. Over wat sē sülben is, sē mutt no dèn Hōōchbŏhn rop, no't Strōh rin. Un sē gifft ehr noch wücke Peerdeken mit, wō sē sik mit tōdecken kann. Wat nu de Buurvooğt is, dē stickt sik ēn Lücht an un bringt de Ōōlsch tō Bŏhn, wō dē sik dènn in't Strōh doolleğğt un mit de Peerdeken tōdeckt. Dènn stiğğt hē wedder[X41a] de Bŏhnledder[X41f] dool un will dènn ōōk tō Bett, wō sien Ōōlsch[X16]|*Frau* al in liğğt. – „Juchen", seğğt sē, as hē sik uttrecken will, „ēērst sett mi de Wēēğ mit dat Göör mool vör't *(MäJ1b.017)* Bett. Ēn Band heff ik dor al anmookt, geev mi man dat Ēnn in de Hand. Un wènn du dien Klock op'n Disch leğğst, dènn stŏŏt mi dèn Brieputt ni um!" – Juchen mookt dat nu âll sō tōrecht, as sien Ōōlsch dat seğğt. Un as hē sik nu uttrocken hett, kruppt hē bi ehr rin un seğğt: „Dat früst doch füünsch un is bŏŏs kōōlt." – „Jo", seğğt sē, „dat is dat ōōk. Nu streck di ōōk man orntli ut un lieğ ni jümmer[X21] mit krumme Knēēn. Du buust[X55] jümmer ēn Hunnenhuus, un mi tocht dat dènn an de Bēēn un an' Lief. Is ēn osige|*gresige* Küll. Wo[X30] de dorsten Minschen dor doch hèndŏr mŏŏt|*müssen*! Is man gōōt[X50], datt ik dat ōl' lütt' Göör hier nerrn behŏlen heff, dat wēēr dor boben sachs verfroren! Ik hârr de Ōōlsch ōōk je gēērn ēn Bett geben, man ik heff je kēēn mēhr. Un dènn wēēt ēēn ōōk je ni[X20], watt[X26]|ob sē rein is." – „Och", seġġt Juchen, „dē is Kummer wènnt. Wènn dē man jümmer sōōn Loger hett, dènn kann sē Gott danken."– Sō snackt de beiden dènn noch èn Tietlang. Un wènn dat ōl' lütt' Totergöör sik mool rȫhrt, dènn treckt de Ōōlsch gliek an't Band, bet süm|se[X04] dènn tōletzt beedt un sō bilüttens insloopt, sund[X38] un tōfreden.

Sō hebbt süm|se èn beten länger as gewȫhnli snackt, sünd ōōk èn poor Mool opwookt, wènn de Lütt' schregen|geschrieen hett un de Ōōlsch an't Band trecken muss. Sē is ōōk mool op ween[X82b] un hett dat Göör Brie geben. Un sō sloopt süm|se dèn annern|nächsten Morgen noch, as (MäJ1b.018) de Grōōtdēērn |Großmagd al rinkummt. Sunst sünd de beiden de ēērsten, dē in de Bēēn un in'e Gangen sünd, wènn süm|se dèn Hohn man kreihen hȫȫrt. De Grōōtdēērn pedd vör't Bett un seġġt: „Herr, koom Hē doch mool flink op. De Toterōōlsch is över Nacht ut de Böhnluuk fullen un liġġt dōōt op'e Deel!" – Na, dat wârrt di nu over èn Opstand! Hē över Hâls un över Kopp no't Bett ruut un sien Ōōlsch achteran. Un as süm|se man knapp wat över'n Lief hebbt, goht süm|se dènn ruut. Un richtig|würkli: De Toterōōlsch liġġt stief un kȫȫlt op de Lēhmdeel, as de Grōōtdēērn seġġt hett. De Knechten un Dēērns stoht dor bi rum un de Troonlamp|Troonkrüsel hangt an dèn Lüchtenpohl un schient mit sien Licht de dōde Ōōlsch[X16] in ehr blaugeel[M3] Dōdengesicht. – „Herr, du mein Gott!", seġġt de Buurvȫȫġtsch un sleit de Hannen tōhōōp, „wat èn Vörfâll! Christen! Kinner! Sē is je wull richtig|würkli dōōt!" – Jo, dōōt is sē. Sē is mit èn Stücker vēēr bet fief Klappen Strōh un mit ehr Peerdeken ut de Böhnluuk rutscht, un dor liġġt sē. Dat Blōōt is ehr an ehr blaugeel[M3] Totergesicht fastfroren, un ehr pickenswatten|gneter-Hoor hangt ehr blȫdig över de mogern Backen. Ehr swatten Ōgen sünd sō stief un glosern, as wēērn dē ōōk froren. Un beten Blōōt steiht ehr twischen de blauen Lippen un ehr Tähn, sunst sō witt als Elfenbēēn. – „Nä, Kinners, wat ėn Vörfåll!", seġġt de Buurvööġtsch wedder[X41a], un de Tronen stoht ehr in de Ōgen. „Un nu dat (MäJ1b.019) ârme Göör! Un datt[X24] dat ōōk jüst in uns' Huus passēren mutt!" – „Nu, Mudder[X12]|Mōder", seġġt de Buurvooġt, „wi hebbt uns' Christenplicht un Schülliġkeit an ehr doon." – „Jo", seġġt sē, „dat is ėn Trōōst. Over dat is doch bannig[X90]|sehr trurig|duursoom. Gott, du lēve Gott, wat ėn Tōstand!"

In de Tiet, wō süm|se[X04] dor nu sō stoht un kiekt un snackt un duurt|bedauern, koomt dor mēhr Fruunslüüd ut' Dörp mit süm|ehrn[X06] Hangelputt in de Hand un wüllt[X63]|wööt|wollen Melk holen. Un dē kiekt un duurt un swōōġt|jammern âll mit un loot sik dat lütte Göör wiesen. Dat liġġt in de Wēēġ un slöppt sō sōōt, datt dat ēēn Ōōġ dat anner ni[X20] süht, as stunn dor ėn Ėngel bi. Blōōts mėnnigmool|häufiger röhrt dat in' Sloop de Lippen, as wėnn't suġġt, un lacht dėnn moolmit, as wėnn sien Ėngel dat küssen deit. „Nä", seġġt de Buurvööġtsch, „dat is gor tō sōōt antōkieken!" Un sē wischt sik mit ehrn Ploten de Tronen ut de Ōgen. Un de annern Fruunslüüd duurt dor ōōk över un de Tronen stoht süm|ehr[X05] ōōk in de Ōgen. „Is't ėn lütten Jung ōder ėn lütte Dēērn?", frooġt ōl' Wrēēsch. – „Is ėn lütte Dēērn", seġġt de Buurvööġtsch. – „Gott bewohr de ârme Dēērn!", seġġt de ōl' Wrēēsch. „Wohr is dat doch un blifft dat: Wėnn de Pracher|Bettler nix hėbben schåll, verlüst hē dat Brōōt ut de Kiep!"

Bides|Derweilen driġġt de Buurvooġt de dōde Ōōlsch mit sien Knechten no de lütte Stuuv|Döns rin un deckt ehr mit (MäJ1b.020) ėn witt[M3] Loken tō, mookt Anstålten, datt âllns sien Schick kriġġt. Sien Ōōlsch hett nu nōōġ tō dōōn, an dat lütte Göör tō dėnken, un seġġt tō ōl' Wrēēsch, as dē mit ehrn Melkputt

Aussprachehilfen für ō, ē, ō̄, å, ė, ḃ, ġ, ǧ, ǧ: siehe Seite 5 UND Buchdeckel!

wedder tō Huus will: „Du geihst je bi Persetter*, mien Brōder, vörbi. Seğğ ėm, hē schull[X62b]|*solle* gliek mool herkomen!"

Ōl' Wrēēsch[X167] geiht dėnn af, un as sē bi Persetter sien Huus kummt, steiht dē al mit sien manchestern Knēēbüx in de Steveln buten vör de Döör. Sien blaue bōōmwullen Kapitelmütz|*lange Strickzipfelmütze* hett hē meist över Nöös un Ōhren trocken. Hē schüffelt sik ėn lütten Stieğ dör dėn hōgen Snēē no sien Iebenschuur[X76]|*Bienenunterstand* lang, no sien Lütthuus|Tant Meier|*Toilette* hėn.

„Moin|Gō'n[X50] Morgen, Persetter!", seğğt ol' Wrēēsch, „hett Hē't al hōōrt?" – „Nä, wat dėnn?", seğğt de Ōl'. – „Bi Juchen is över Nacht ėn Toterōōlsch ut de Böhnluuk fullen un liğğt muusdōōt op'e Deel, un ehr lütt' Göör" (un dorbi langt sē no ehr Schört un wischt sik de Ōgen), „dat liğğt in Grēten ehr Wēēğ un lett sik dat ni[X20] drōmen." – „Hm", seğğt Persetter, „dat is slimm." Un hē steiht un hett sik op sien Schüffelstööl stütt, steiht, as wėnn hē in Gedanken is. – „Un Hē schăll gliek mool no sien Süster hėnkomen, hett sē mi seğğt", seğğt ol' Wrēēsch. – As Persetter dat hōōrt, sett hē sien Schüffel in't Iebenschuur un geiht no sien Swoger hėn.

„Hans, wat seğğst' nu!", seğğt sien Süster gliek *(MäJ1b.021)* tō ėm, as hē dor man ankummt. „Wat ėn Vörfăll! Un nu dat ârme Göör!" – „Jo, Grēten", seğğt de ōl' Persetter, „dat is slimm. Wō hebbt jüm|ji|ju[X01] dėnn de Ōōlsch hėnleğğt?" – „Sē is in de lütte Stuuv|Döns", seğğt Grēten, „un de Wēēğ mit de Lütt' steiht bi ehr. Ik heff dor inbōten loten."

Sē un Juchen un Persetter goht dor dėnn rin, un Persetter süht de Lütt', dē nu al[X27] wookt|*wach ist* un mit ehr lütten Ârms un Hannen op de Wēgendeek|*Wiegendecke* trummelt un mit ehr lütten Stiepers|*Stäbe* vun Bēēn spaddelt|*strampelt*, as wēēr ehr gor nix weğ un as wēēr ehr unbannig[X90] behooğli tō Sinn. Dėn ōlen Persetter wărrt hēēl|*ganz* snooksch un sunnerbor tō Mōōt.

Un as Juchen nu ōōk jüst dat Loken vun de dōde Ōōlsch opbȫȫrt|anhebt un de ōl' Persetter* dē ōōk süht, wo[X30] sē dor liğğt, dèn stillen Dōōd bi dat spaddelige Kinnerleben, dō[X23] wârrt èm noch snookscher tō Mōōt. Hē fȫȫlt sien Hannen un seğğt kēēn Wōōrt, as wènn hē beedt. Un dènn kickt hē mool de Ōōlsch an, un dènn dat lütte Gȫȫr.

„Na, Hans, wat seğğst' dor dènn tō?", seğğt de Buurvȫȫğtsch, sien lēve Süster, al wat ungedüllig, dorum datt[X25] hē gor nix seğğt. – „Jo", seğğt hē, „wat schâll ik dor veel tō sèggen; dat is slimm un trurig nōōğ." – „Dat wēēt de lēve Gott!", seğğt sē, „over wat schâll nu ut dat lütt' Gȫȫr wârrn!" – „Dat mutt no de Ârmenkoot ōder no't Ârmenrecht weğgeben|utdoon wârrn", seğğt Juchen, „dor lett sik wieder nix bi (MäJ1b.022) moken." – „Och", seğğt sien Ōōlsch, „dat wull ik doch gor ni[X20] gēērn. Dat lütt' Gottskind is sō unschüllig un sō nüüdli." – „Jo", seğğt hē, wat de Buurvooğt is, „ik wuss wull noch wat; over sē deit dat man ni." – „Wosō[X30]|wieso? Wat mēēnst du dènn?", seğğt sē. – „Dortjen* muss|müsste dat Gȫȫr no sik hènnehmen, mēēn ik", seğğt hē, „sē kunn dat je grōōtmoken un ut de Schōōl bringen|ins Leben entlassen. Sē hett je man dèn ēēn Jung, un tō leben hett sē je nōōğ."

Dortjen*, schüllt[X62a]|schȫȫt|sollt jüm|ji|ju[X01] weten, is Persetter sien anner Süster. Un dē hett èn grōten Buur tō'n Mann, in dat nēēğste Dörp, man èn hâlv' Stunn vun Düvelsbrōōk af. Un sē is swoor riek, Geld hett sē as Hau. Un ēēn Jung hett sē ōōk man, èn schiersnutigen|schöngesichtigen Bèngel vun süss Johr, recht sōōn lütten nüüdligen Flasskopp|Blondschopf mit rōde Backen. Ègentli wârrt sē jümmer[X21] Appel-Medder[X14]|Appel-Mȫhm nȫȫmt|genannt. Dènn wènn Grēten ehr Kinner, süss Mann hōōch, twēē Dēērns un vēēr Jungs (dat ni mitreekt, wat ünnerwegens is un wō[X31] sē nu mit geiht), Dortjen*-Medder mool besȫȫkt, dènn krieğt süm|se[X04] dor jümmer bannig[X90] schöne Appeln, un wenn süm|se no Huus goht, noch en grōōt[M3] Dōōkvull mit op'n Weğ. Dat gellt besunners för Grēten ehr Trina. Denn dor hett Appel-Medder[X14] Vadder[X15] tō stohn|Pate *(Gevatter) gestanden*, un dē is op en Oort|irgendwie ehrn Vertoğ|verzogener Liebling. Un wück' mēēnt al, de lütt' Trina wârrt noch mool den lütten Kloos sien Fru (wenn uns' Herrgott ehr dat Leben lett) un denn mool Buurvööğtsch op den Appelhoff. Denn wat (MäJ1b.023) Appel-Medder is, dē hett achter ehr Finstern en grōten Appelhoff. Mit Appeln un Beern[X71]|Birnen is sē dorum ni[X20] kniesig ōder knickerig, as dat sunst wull ehr Gewōhnheit is; en Schülgen|Schilling kēhrt sē sunst ēērst drēēmool um, ēhr sē em utgifft. „Denn wat ēēn weğgifft, is ēēn lōōs", seğğt sē. Un ârbeiden kann sē un mağ sē, sē kunn ebensō gōōt[X50] Rietendool|Arbeitstier|Workaholic hēten. Un ōōk dat Muulwârk geiht ehr as en Pepermöhl un steiht ni sō licht still un freut sik, wenn't mool Fierobend krigğt. Wat op'n Dutt|Haufen schropen|raffen un achter de Ōken* steken|auf die hohe Kante legen un op'n Dutt hōlen|zusammenhalten, dat is ehr Leben, un is't ōōk man in den Strümpenschacht|im Sparstrumpf un sünd dat ōōk man Spēētschendolers*|(Spezies)-Taler. Vun en Vullbuurn höllt sē sō veel as vun ehr Spēētschen*, un dat will wat seggen: „En Vullblōōt un en Esel hōōrt ni an ēēn Krüff|Krippe", seğğt sē, „un ik hēēt Appel-Medder, un dat bün ik sülben!"

Disse Dortjen*, mēēn ehrn Swoger Juchen, de Buurvooğt, dē muss|müsste dat lütt' Göör tō sik nehmen, grōōtmoken un ut de Schōōl hölpen|ins Leben entlassen. Knapp hett hē dat seğğt un dat letzt' Wōōrt noch in' Mund, dō[X23] seğğt sien Ōōlsch[X16] |Ehefrau: „Juchen, wō wullt|willst du hen! Dat deit sē ni! Sē hett en gor tō grōten Nârren an ehrn Jung freten, an den Kloos. Un nu noch en Toter- un Pracherkind|Bettlerkind! Un denn: Du wēētst je, wo[X30] sē op de Spēētschendolers* sitt! Nä, wenn du nix Beters wēētst, denn swieğ man still." – „Nä", seğğt de ōl'

Persetter* un schüddelt mit dèn Kopp, „dat deit sē ni[X20]. Op dat Rebēēt|Flach|*dem Gebiet* kènn ik ehr op'n Prick|*genau*."– *(MäJ1b.024)* „Gott!", seğğt dèn Buurvooğt sien Ōōlsch, „ik behēēl|*behielte* dat lütt' Worm je gēērn sülben, un Juchen worr dor ōōk nix gēgen intōwènnen hèbben, dor kènn ik èm tō|*so weit kenne ich ihn*. Over ik heff je sülben de grōte Rēēğ lēve Kinner un süm|se[X04] sünd je noch gor ni mool âll dor." – „Nä, Mudder[X12]|Mōder", seğğt de Buurvooğt un nimmt ehr dat Wōōrt ut dèn Mund, „dat geiht ni. Wènn du dat over afsluuts wullst|*wolltest*, sō muss|*müsste* dat mienthâlben sien Willen hèbben|*von mir aus auch gehen*. ›Je mēhr Kinner, je mēhr Voderunser[X11]‹, seğğt uns' Herr Paster je; over …" – „Wēētst' wat?", seğğt de Ōōlsch mitmool|*plötzlich* tō Persetter, „Hans, du kunnst dat nehmen. Du hest je kēēn Kind un kēēn Küken!" – „An dacht|*Daran gedacht* heff ik dor ōōk al", seğğt Persetter. „Dat geiht man um Marieken, du kènnst ehr je." – „Jo", seğğt de Ōōlsch, „dē kènn ik as mi sülben. Sē wârrt tōēērst schafutern un zakerēren|*2x schimpen*. Over pass op, sē finnt sik in de Sook|*sie findet sich darein*." – „Dat wēēt ik wull", seğğt Persetter, „un mi is ōōk man blōōts vör dèn ēērsten Anfang bang." – „Ōh", seğğt sē, „wènn du man wullt|*willst*, dat anner krieğt wi wull in't Lōōt|*geregelt*." – „An mi schâll dat ni liggen", seğğt Persetter, „ik will wull un will gēērn. Over wosück[X30] …" – „Nu swieğ man still", seğğt sien Süster, „dat gifft sik âll; goh du man tō Huus un slooğ|sloo[X60] man Vörpohl|*sorge vor* un stell dien Marieken dor man op in. Un vunnomèddağ|*heute Nachmittag* schick ik di dat Göör mit de Wēēğ no. De Wēēğ kōōnt jüm|ji|ju[X01] dènn man ēērstmool behōlen, mit dat Wēgentüüğ *(MäJ1b.025)* in. Ik goh wull noch för èn Hâlfjohrs Tiet weğ un bruuk ehr sō lang ni. Kinnerdōker|*Windeln* un Kinnertüüğ kōōnt jüm|ji|ju ōōk kriegen, ik heff nōōğ vun dat Tüüğs|*dem Kram*. Dor bruukt jüm|ji|ju[X01] sik|ju[X08] gor ni[X20] um kümmern, un nōōssen wēēt uns' Herrgott wieder Root." Dat kummt dor ruut bi de Ōōlsch as ut èn Pistōōl. – Persetter* kann gor ni tō Wōōrt komen. As

Aussprachehilfen für ō, ē, ŏ̄, â, è, ƀ, ġ, ğ, ğ̊: siehe Seite 5 UND Buchdeckel!

sien lēve Süster over tō Ėnn is, seġġt hē: „Grēten, wō wullt du hėn! Nä, dėnn kėnnst du Marieken noch lang ni hâlf! Op disse Oort wârrt wi dor nix bi. Wėnn wi ehr dor sō ›Bōōts!‹ mit över'n Hâls koomt, krieġt wi ehr dat Göör ni mit vēēr Peer no de Koot rin. Over wėnn dat man ēērst dor is …, na, loot mi man moken!"

De ōl' Mann is mitmool rein as verännert, as ėn jungen Keerl, liekers hē al in sien süsstiġst Johr geiht. Un hē is twēē Johr öller as sien Marieken! Hē is sō bestimmt un fast un seker, as wėnn hē bi sien Herrgott wat besloten hett|*vor Gott etwas beschworen hat*. Un dėnn kann sien Marieken man komen ōder de *leibhaftige ›Gott-sei-bei-uns!‹* sülben! „Grēten", seġġt hē, „pack mi dat lütt' Göör wârm in, ik will dat gliek mitnehmen. Un du bliffst hier, schasst tō dien Tiet wull Beschēēd kriegen!" – „Dat wēēt ik doch ni recht, Hans", seġġt sē, „sō mitmool|*plötzlich*, un Marieken wēēt dor gor nix vun af …" – „Loot mi man still betemen|*in Ruhe handeln*", seġġt hē, „ik kėnn ehr …" – Un de Ōōlsch gifft de Lütt' noch flink Brie un wiest *(MäJ1b.026)* Hans dat, wosück[X30] dat mookt wârrt. Sē seġġt ėm vun âllns Beschēēd, binnt de Lütt' ōōk noch ėn rein[M3] Dōōk vör un wiest ėm, wodennig[X30]|*wie* Marieken dat moken mutt. Un sē packt dėnn de Lütt' hēēl wârm un wēēk un nüüdli in.

Na, Kinners, dat schull[X62b]|*sollte* Marieken weten! Sē schimpt un brummt sō al: „Wō hē wull al wedder[X41a] hėnlōpen is! Mutt ēēn dėn hēlen Morgen mit dėn Kaffe rumbōten un rumpüstern|*2x heiß halten*, un dē wârrt nu doch noch kōōlt. Dat wēēt de lēve Gott: In sōōn Mannslüüd is ōōk doch gor kēēn Rēēġ|*Ordnung* rintōkriegen! Na, loot ėm man|*nur* komen!"

As dat lütt' Göör nu inpackt is, nimmt de ōl' Persetter dat Kind op'n Ârm un seġġt ›Tschüüs!‹ – „Un datt jüm|*jiljju*[X01] dat nu man ōōk|*aber auch* âll sō mookt, as ik di dat seġġt heff!", röppt ėm sien Süster noch no. „Un de Wēēġ un dat Kinnertüüġ un dèn annern Krimskroom schick ik di vunmèddağ|*heute Mittag* no; dènn sōōn Göör mutt dooğs|*tags* ōōk sien Rōh[X52] hèbben!"

Persetter* geiht nu mit sien Kind af, un èm is bannig[X90] snooksch|*mulmig* tōmōōt. Na, hē is dor nu vör|*davor* un mutt dor nu ōōk dör|*hindurch*. Un hē hett dat bi sik fastsett|*entschieden* un bi sien Herrgott besloten|*bei Gott beschlossen*, un nu mağ komen, wat will! Tōrüchhoppen deit hē ni[X20] wedder[X41a], sō veel is wiss|*gewiss*.

Marieken ohnt nix Bōōs' un püüstert noch bi ehrn Kaffe rum, as Persetter mit sien Kind ankummt un de Klink an de Stubendöör|Dönsendöör anfoot. – „Na", will sē jüst sèggen, „kummt Hē noch mool wedder? *(MäJ1b.027)* Wo[X30] lang schåll uns-ēēn mit dèn Kaffe rumrüstern|*herumrösten* un rumpüstern|*herumfeuern*!" Over as sē ›Na‹ seğğt, dō[X23] kummt Persetter jüst mit dat Kind in de Döör. Un dat is, as wènn sē mitmool èn Slağ kregen hett un de Tung ni rōhren kann. Sē kickt dèn ōlen Persetter stief un stårr an un wēēt kēēn Wōōrt tō sèggen. – „Jo, Marieken", seğğt hē, „schimp man ni. Ik heff uns ōōk èn lütt[M3] Kind mitbrocht." – Ēērst kickt sē èm noch stief an, hoolt hōōch|*tief* Luft, sett sik de beiden Hannen in de Siet, dē ehr tōēērst bi'n Lief doolsackt sünd, un seğğt: „Wat seğğt Hē?" – „Èn lütt' Dēērn heff ik uns mitbrocht", seğğt hē. – Marieken kickt èm noch dranger|*strammer* an un ōōk dat inmummelte Göör op sien Ârm. Dat is ehr, as wènn dat spōkelt|*spukt*, un sē seğğt: „Is Hē ni bi Trōōst ōder heff ik mien Fief ni|mien Schick ni?" – „Mien Trōōst heff ik op'n Ârm", seğğt hē, „un du wårrst dien Fief ōōk je wull hèbben." – „Herr!", seğğt sē mitmool, un as de ōl' Persetter dat Wōōrt ›Herr‹ man hōōrt, wēēt hē Beschēēd. Over hē is fast. – „Herr", seğğt sē, „will Hē mi ōl' Fru för èn Nârren hōlen? Dènn sōōk Hē sik èn anner ut. Hē is je wull op'n Puckel ni[X20] klōōk! Wat is dat för èn Göör un wat schåll dat?" – „Hōōr mi geruhig[X52] tō", seğğt

Aussprachehilfen für ō, ē, ō̄, â, è, ƀ, ğ, ğ̇, ğ: siehe Seite 5 UND Buchdeckel!

Persetter*, „dėnn will ik di dat vertellen." – Marieken bevert orri[X90] de Lippen, sē blifft stief stohn un luurt, wat dor komen schâll. – „Kiek, sō is dat komen", seǧǧt Persetter. „As ik vunmorgens|*heute Morgen* buten Snēē schüffel|*schaufele*, schickt Grēten (MäJ1b.028) mi de Noricht, ik schull[X62b]|*solle* mool gliek hėn no ehr komen. As ik dor ankoom, hebbt süm|se[X04] dor ėn dōde Toterōōlsch|*Zigeunermutter* in de lütte Stuuv|Döns, dē is över Nacht vun Juchen sien Hōōchböhn ut de Böhnluuk fullen. Un dit hier is ehr Kind." – „Un dat will Hē hėbben?", seǧǧt Marieken, „un noch dortō ėn Pracher- un Toterkind!" – „Ik bün wull de nēēǧst dortō", seǧǧt Persetter, „ik heff je kēēn Kinner." – „Nä", seǧǧt Marieken, „wat mutt ik op mien ōlen Dooǧ noch belebėn! Hē, wat will Hē mit Kinner! *Gott sei bei uns!* Kann Hē ōōk stillen|sõgen|*säugen*?" – „Ik dach sō", seǧǧt Persetter, „dat schullst[X62b]|schusst|*solltest* du dōōn." – „Herr", seǧǧt sē, „dor bliev Hē mi mit vun' Lief! Will Hē mi tō'n Spektokel moken? Fōōrts schaff Hē mi dat Göör wedder[X41a] ut' Huus, ōder ik snōōr mien Bünnel un goh af! Dortō heff ik ni ünnerschrebėn|heff ik mi ni vermēēdt!" – „Dat wēēt ik wull", seǧǧt Persetter, „over Marieken, op ėn poor Doler Lōhn mēhr ōder wēniger kummt mi dat ōōk ni an." – „Pfeu!", seǧǧt sē, „Herr, schoom Hē sik wat! Heff ik Ėm al ēēn Mool mēhr Lōhn afverlangt? Dat is ėn dummen Snack vun Ėm!" – Persetter dėnkt sō in' Stillen: ›Spieǧ dien Gift un Gâll man ēērst rein ut, jē ēher koomt wi bi di op'n Grund, wō[X31] de grüttige|*körnige* Hünnig sitt!‹ – „Seǧǧ Hē", seǧǧt Marieken, „will Hē dat Göör wedder weǧbringen ōder ni?" – „Nä", seǧǧt Persetter, „dėnn hârr ik't je ni ēērst mitbrocht. Ik heff't un will't nu ōōk behölen." Un as hē dat seǧǧt, fangt (MäJ1b.029) dat ōl' lütt' Göör an tō blârren|*weinen*, un hē löppt dor mit in de Stuuv|Döns rum un wēēǧt dat op sien Ârms op un dool un singt sien ›Schschschschsch-scht! Schschschschsch-scht!‹ dorbi, un Marieken steiht dor hēēl verboost|*verblüfft* un kickt ėm an. – „Na, Herr", seǧǧt sē dō tōletzt, „is dat Sien letzt[M3]

Wōōrt?" – „Jo", seğğt Persetter*, „schschschschsch-scht!" – „Gōōt[X50]", seğğt Marieken, „dėnn Tschüüs!" – „Tschüüs", seğğt Persetter, „schschschschsch-scht!" – Marieken geiht ruut, no ehr Sloopkomer. Hier sett sē sik ēērst dool un verpuust sik ėn beten, un besinnt sik. Dėnn mookt sē ehrn Kuffer open un will ehrn Kroom|ehr Kroomstücken tōhōōppacken. Un as sē dorbi anfangt, kann sē sik ni[X20] länger hōlen un fangt bitterli an tō wēnen. „Gott in' hōgen Himmel, wat mutt ik unglückli' Minsch noch op mien ōlen Dooğ belebben!", seğğt sē. „De Mann hett je wull richtig|würkli sien Trōōst ni! Heff ik ėm ni heeğt un pleeğt, as wėnn ik sien lieflige Süster wēēr? Un nu dit!" Un sē kriğğt wedder[X41a] ėn Dōōk ut'n Kuffer, dat hett Persetter ehr verleden|vergangene Wiehnachten noch tō't Christfest beschēērt. Un sē wēēnt noch jümmer, over stiller, un de Tronen lōōpt ehr man sō bi de Nöös langs. „Gōōt[X50] is hē je", seğğt sē, „over nu hett hē je rein sien Verstand ni mēhr, un is sunst sō klōōk!" Un sē wischt sik wedder de Tronen af mit ehr Schört. „Wat will hē nu allēēn mit dat Göör anfangen! Afgeben deit hē dat nu ni wedder, dor kėnn ik ėm tō|so weit kenne ich ihn. Nä, de Mann is bi Gott dėn Herrn ni richtig! (MäJ1b.030) Un dat Göör schriğğt noch jümmer tō|weiter. Muttst man rein|doch wirklich mool ringohn un ėm de Sook noch mool orntli vörstellen un ėm tō Vernunft bringen."

Sē wischt sik dėnn ehr Tronen af un geiht wedder rin. „Herr", seğğt sē, „dat geiht wohrhaftig bi Gott ni. Hōōr Hē mi un bring Hē dat Kind wedder weğ!" – „Schschschschsch-scht! Schschschschsch-scht!", singt Persetter un seğğt sunst kēēn Wōōrt. – „Herr", seğğt Marieken, „hōōrt Hē ni[X20]? Dat geiht sō ni, Hē geiht dor tōgrunn bi|kummt dorbi op. Hē kriğğt dat Göör ni still! Dat is wiss hungerig un mutt Brie hėbben!" – „Schschschschsch-scht! Schschschschsch-scht!", seğğt de ōl' Persetter* un lett dat Kind op un dool danzen, datt hē al

Aussprachehilfen für ō, ē, ȫ, â, ė, ƀ, ğ, ğ, ğ: siehe Seite 5 UND Buchdeckel!

swēten wârrt|*anfängt zu schwitzen*. – „Dat Göör hett sik wiss ōōk vullmookt", seġġt Marieken, „un mutt wull ėn rein^{M3} Dōōk vörhėbben! Geev Hē mi dat mool her, ik will mool nosēhn!" – „Sō-ō", seġġt Persetter, „un dėnn wullt du dat Göör wull wedder weġdregen! Fix is kēēn Nârr un lett sik vun ėn Schoop bieten! Nä, Marieken, dat is nu mien Kind un blifft ōōk mien Kind. Ik heff dat bi'n Herrgott besloten, un vör dėn loot ik mi ni unmünnig moken. Wat dē mi anvertruut, dat loot ik ni ut de Hannen. Schschschschs-scht!" – „Nä, wohrhaftig ni, Herr", seġġt Marieken, „Hē schâll dat ōōk wedderhėbben^{X41a} un behōlen. Man dat Göör kann sik je ėn Ramm |*Krampf* schriegen." – „Na, dor hest dat", seġġt Persetter un gifft ehr dat Göör hėn, stellt sik over vör de (*MäJ1b.031*) Stubendöör un steiht dor Schildwach. – Un Marieken sett sik dool un will dat Kind ėn rein^{M3} Dōōk vörbinnen. „Süh", seġġt sē, „wat heff ik wull seġġt! Nu krieġ|*hole* Hē mi mool ēēn vun de ōlen Dōōpservjetten ut de Schuuv, dē al stoppt sünd." – Persetter slutt de Döör tō, stickt dėn Slötel in de Tasch un geiht hėn un kriġġt ėn Servjett her. – „Dat hett Hē gor ni nōdig", seġġt Marieken, „de Döör bruukt hē ni tōsluten. Dėnn wėnn ik ėm seġġ, Hē schâll sien Göör wedderhėbben*, dėnn kriġġt Hē dat ōōk wedder. Ōder bün ik Ėm al ēēn Mool mit Lögen un achtertücksch ünner de Ōgen gohn?" As sē dat seġġt, binnt sē dat Göör dorbi ėn rein^{M3} Dōōk vör, un Persetter kickt tō. – „Dat jüst ni", seġġt hē, „over seker is seker un vör unsen Herrgott kann ik mi ni unmünnig moken. Wat hölpt uns âll uns' Obendsegenlesen, wėnn wi dor ni no dōōn|*hanneln* wüllt^{X63}|wööt|*wollen*! Un dėnn heff ik sō dacht: Wi beiden, du jüstsō as ik, wi wârrt jēēdēēn Daġ öller un stumper. Un wėnn wi sik|uns^{X07} nu sōōn lütt^{M3} Ding in Gottsfurcht opfōden un grōōttrocken|2x *aufzögen*, wat uns mit Gott sien Segen sō bilüttens in de Hand wasst, dat kunn uns noch mool op uns' ōlen Dooġ hēēl gōōt^{X50} tōpasskomen. Un wėnn ēēn vun uns ut de Welt geiht, kunn de anner dor je ōōk mȫȫğli|*möglicherweise* èn lütte Stütt an hèbben un Sellschop." – „Jo", seğğt Marieken, „dat is âllns recht gōōt[X50]. Over wat seğğt de Lüüd dor man tō? Dē hebbt doch gliek süm|ehr[X06] lōōs[M3] Muul open." – (MäJ1b.032) „Marieken", seğğt Persetter*, „loot dē man sèggen, wat süm|se[X04] wüllt[X63]|wööt|*wollen* un wat süm|se ni[X20] loten köönt|*können*, dor sch…, na, bâld hârr ik wat seğğt!|*echter nach der ersten Auflage, (MäJ1a.028)*: dor schiet de Hund an…! Un dē geebt uns dor nix för. Man dat is ōōk je mien Sook, du wullt je weğ." – „Sōō!", seğğt Marieken, „un ik schull[X62b]|*sollte* Èm hier vör dèn Rest sitten loten! Nä, wat Hē kann, dat kann ik ōōk. Dor, dor hett hē dat Göör wedder[X41a]! Nu hōōl|*halte* Hē dat sō lang wiss|*fest*, bet ik Brie kookt heff, dènn sunst krieğt wi dèn Schrieğhâls doch ni still."

Persetter nimmt dèn lütten Schrieğhâls dènn wedder op'n Ârm un ›schschschsch-scht‹ wedder lōōs. – Un sien Marieken geiht no de Köök un kookt Brie.

„*Gott sei gelobt un sei gedankt!*", seğğt de ōl' Persetter, „dat wēēr|*wäre* överstohn, dat anner is nu man Spoos!" Hē wârrt orri[X90] vergnȫȫğt. Un as dat ōl' lütt' Göör nu ōōk jüst èn beten still wârrt un sik je wull èn lütten Stōōt|*Moment* verpuusten|*verschnaufen* will, leğğt hē sik dat op'n Schōōt. Dat schâll afsluuts|*unbedingt* lachen un Marieken schâll dat sēhn, wènn sē wedder rinkummt mit dèn Brieputt. Un hē kèttelt dat lütt' Göör mit sien Fingern op de Backen un op de Bost un seğğt: „Ticker-ticker-ticker! Un ticker, ticker-ticker!" Over de ōl' lütt' Krööt will èm dèn Gefallen ni dōōn un rȫhrt blōōts de Lippen, as wènn dat suğğt. Un as Marieken nu man mit dèn Brieputt kummt un de Lütt' wat gifft, dō suğğt dē dat mit ehrn lütten Mund sō nüüdli ut dèn Lepel ruut, datt[X24] dat èn Lust un Freud (MäJ1b.033) is, as wènn sē mit èn Lepel opfödd wēēr|*aufgezogen worden wäre*. Un de Ōōlsch[X16] freut sik dor in'

Stillen ōōk orri[X90] an, lett sik over jo nix mârken, un seǧǧt blōōts: „Dat heff ik wull sēhn, datt dat Göör hungerig wēēr. Un nu dat satt is, is't ōōk still." – „Na", seǧǧt Persetter*, „maǧst dat Göör dėnn wull lieden?" – „Och, goh Hē sien Gang", seǧǧt Marieken, „hârrn wi man ėn Wēēǧ!" – „Süh", seǧǧt Persetter, „över âll dėn Lârm un Spektokel heff ik dat rein vergeten: Wi schüllt[X62a]|schööt|sollen Grēten ehr hėbben, un Kinnerdöker ōōk. Un kiek!", seǧǧt hē mitmool, as hē ut' Finster kickt, „ehr Grōōtdēērn kummt dor al[X27] mit an." – „Gott in' hōgen Himmel", seǧǧt Marieken, „wat de Lüüd dor wull vun dėnkt, datt hier ėn Wēēǧ in't Huus kummt!" – „Schullst[X62b]|Schusst|Solltest di wat schomen", seǧǧt Persetter hâlf verdrēētli, „schullst|schusst lēver frogen, wat dor uns' Herrgott vun dėnkt! Mit dien Lüüd! Dor schie…, na, bâld hârr ik dat nochmool seǧǧt!"

Middewiel kummt Grēten ehr Grōōtdēērn mit de Wēēǧ un sōōn lütt' Utstüür vun Kinnerdöker un Geschichten an un seǧǧt: „Ik schâll grȫten vun de Fru un hier wēēr|wäre de Wēēǧ." – „Schȫȫn, mien Dochter", seǧǧt Persetter, „grȫȫt dien Fru man veelmools un seǧǧ ehr: Um ėn vēēr-Wekens Tiet (Will's Gott der Herr!) schull[X62b]|solle hier Kinddȫȫp wârrn|steigen." – „Dat will ik bestellen", seǧǧt de Grōōtdēērn un geiht wedder[X41a] af. (MäJ1b.034)

As de Dēērn weǧ is, wârrt de Wēēǧ dėnn utpackt un tōrechtmookt. As dē tōrecht is, will Persetter de Lütt' dor rinlėggen. „Hōōlt", seǧǧt Marieken, „sō geiht dat ni[X20]. Ik heff noch ėn Stück ōōl[M3] Wassdōōk, dat wüllt[X63]|wööt|wöö'|wollen wi ehr ünner ehr lütt[M3] Gatt|ehrn lütten Moors lėggen." – „Dat is ōōk wull richtig", seǧǧt Persetter. Un as dat kloor is, leǧǧt hē sien lütt' Dochter in de Wēēǧ. „Sō", seǧǧt hē nu tō Marieken, „nu krieǧ man dat Eten op'n Disch, ik heff al Hunger. Wēgen will ik wull sō lang." – „Jo", seǧǧt sē, „man wo[X30] wârrt dat mit dat Wēgen, wėnn Hē in de Schōōl is un ik Eten koken mutt?" – „Ōh", seǧǧt

Persetter*, „wėnn't nȫdig deit, schick ik di ēēn vun de grōten Schȫȫldēērns ruut, dē kann ehrn Lex|*ihre Lektion* dor liekers bi lēhren|*lernen*." – „Sō geiht dat ōōk", seǧǧt Marieken un geiht ruut un mookt dat Eten tōrecht un kriǧǧt dat op'n Disch. Un Persetter wēēǧt sō lang un singt dorbi sō hēēl|*ganz* liesen vör sik hėn, mit de Wēēǧ in Takt un Tempo:

> „Ei-ja-a-wi-wi-i,
> 'kēēn[X33] slöppt över Nacht bi mi-i?
> Dat schâll mien ōōl[M3] lütt[M3] Pöppen|*Püppchen* dōōn,
> dat is mien ōl' lütt' Zuckerbōhn|*Süßigkeit, z.B. Mitbringsel*.
> Ei-ja-a-wi-wi-i,
> dē slöppt över Nacht bi mi."

Un as Marieken nu mit dat Eten rinkummt, seǧǧt sē: „Süh, dat kummt dorvun; över âll dėn Lârm is mi dat Swattsuur |*Schwarzsauer* anbrėnnt!" – „Dat mookt nix", seǧǧt Persetter, „Ei-ja-a-wi-wi-i, dē slöppt över *(MäJ1b.035)* Nacht bi mi. … Kiek", seǧǧt hē nu, „wosück[X30] dat lütt' Göör dor nüüdli slöppt, un eben lach|*lachte* dat al wedder[X41a]." – „Dat is gōōt[X50«]", seǧǧt Marieken, „loot Hē nu de Wēēǧ man stohn un eet Hē wat, sunst wârrt dat ēērst kōōlt." – Persetter sett sik dėnn ran (behöllt over dat Wēgenband in de Hand) un Marieken sitt op de anner Siet vun' Disch. Un de beiden sēht[X58] nu sō still un tōfreden ut, as wėnn dor gor nix lōōs ween[X82b] is un süm|*ehr*[X06] Swattsuur gor ni[X20] bitter smeckt. – „Kiek!", seǧǧt Persetter wedder, „nu suǧǧt dat wedder in' Sloop mit de Lippen!" – „Jo", seǧǧt Marieken, „dat Göör wârrt|*wird sicher* sien Mudder[X12]|*Möder* noch missen |*vermissen*. Ēgentli schullen[X62b]|*sollten* wi sōōn Buddel mit ėn knökern Titt |*(MäJ1a.032!)*|*Schnuller* op hėbben." – „Dat is ōōk wohr", seǧǧt Persetter, „ik will nȫȫssen mool no Grēten langgohn|*hingehen*. Ik glȫȫv meist, dē hett noch sōōn Dings. Dėnn as ehr Bost sō twei|*kaputt* wēēr, bi dėn lütten Pēter, dō hett sē dėn je ōōk mit ėn Buddel grōōtmookt. Un wėnn dē kēēn hett, dėnn mōōt[X61]|möö'|*müssen* wi annerswō sōken."

As süm|se[X04] nu wat eten hebbt un Marieken de Schötteln ruutdregen un opwaschen will, seǧǧt sē tō Persetter*: „Wėnn de Lütt' nu opwoken schull[X62b]|*sollte*, dėnn mutt Hē ehr ōōk man gliek opnehmen un afhōlen|*abhalten*, over, … na", seǧǧt sē, „seker is seker." Sē nimmt tō glieker Tiet dėn blanken mischen |*messingnen* Spieǧnapp|Spienapp op un geiht ruut, kickt sik over noch mool um un seǧǧt: „Man Hē kann mi dėnn je rōpen, ik will dat dėnn ōōk wull moken, Hē versteiht dat an't Ėnn doch ni[X20]." – Un Persetter seǧǧt: „Ik *(MäJ1b.036)* will di wull Beschēēd sėggen", un kriǧǧt sien Bibel her un leest un wēēǧt dör de Brill. Un sien Marieken is buten un wascht de Schötteln op. Un dorbi lett sē sik dat noch mool âllns wedder[X41a] dör dėn Kopp gohn, wat dor vörfullen is; un dat is ehr meist as ėn Drōōm. Dėnn dėnkt sē över âllns no, wat sē as Mudder[X12] nu tō dōōn un tō loten hett, un wat dor ween[X82a] mutt un nōdig deit. „Süh!", seǧǧt sē dėnn mitmool bi sik sülben, „för ėn Schülgen|*Schilling* Buntjes|Kamellen mutt ik noch holen loten, un Fenchelwoter, un för ėn Schülgen Johannisōōl|Jehannsōōl, för ėn Schülgen Kamellenōōl un för ėn Schülgen destillēērt[M3] Terpentin|*Terpentinöl (damals auch tropfenweise innerlich eingesetzt)*, wėnn dat Göör wat ankummt. Dat is gōōt[X50] för|*gegen* Verstoppen|Hattlievigkeit, för|*gegen* dėn Anwass|*Magenübel* un för|*gegen* ėngelsche Leden|*englische Glieder (englische Krankheit, Rachitis)*. Na, hē schâll sik eisch|bōōs wunnern, dat gifft gliek mēhr Utlogen! – Un ėn Vijōlenwuddel|*Veilchenwurzel(=Wurzelstock der Schwertlilie)* mutt in't Huus ween[X82a], wėnn dat Ding Tähn kriǧǧt. Jo, dor hett ēēn richtig wat in' Kopp tō nehmen. Un, Herr Jē, vun Kinddōōp hett hē ōōk al snackt! Na, hē schâll sik verfēren|*erschrecken*, un sien Geldbüdel schâll't wies wârrn |*bemerken*! Nu, wėnn't knippt|*kneift*, heff ik ōōk je noch wat. Dėnn, wat hē dōōn kann, dat kann ik ōōk. Un ik will mien Obendsegen ōōk ni[X20] umsunst lesen, dat mutt|bruukt hē jo ni glöben! Dat Slimmst is man, wėnn de Lütt' nachtöver wat ankummt. Wėnn hē mi de Wēēǧ man an' Obend mit no mien Komer gēēv|gäbe, dėnn hârr dat nix tō sėggen. Over ik glöȫv (MäJ1b.037) knapp|kaum, datt hē dat deit. Na, dat wârrt sik je finnen, kummt Tiet, kummt Root!" Sō snackt Marieken buten mit sik sülben.

Dėnn, wėnn de Lütt' sik ōōk man|nur röhrt, treckt hē an't Band. Un hē süht orri[X90] vergnȫȫǧt un glückli ut, datt hē dat Stück nu sō wiet dörhōlen hett un nu boben över'n Bârǧ is, as hē mēēnt. Un uns' lēv' Herrgott, dē ėm sō wiet holpen hett, hölpt ėm nu ōōk wull wieder.

Ditschi-Platt?

Süm truut sik dat!

Aussprachehilfen für ō, ē, ȫ, â, ė, b̄, ǧ, ǧ, ǧ: siehe Seite 5 UND Buchdeckel!

Kapitel 3

(MäJ1b.038 – Kiek ōōk MäJ1a.035!)

Sōdennig hett jēēdēēn vun de Ōlen sien Handgeberen |*Gebärdensprache* un sien ēgen Gedanken. Un wat uns' lēv' Herrgott mit de Ōlen un dat Göör ēgentli vörhett, dat köönt wi ni[X20] seggen un schüllt[X62a]|schööt|*sollen* dor wull tō swiegen. Is mōōğli, datt wi dor noch mool achterkoomt|*das verstehen*.

Dėn Nomėddağ nu, as Marieken ehr Schötteln opwuschen un ehrn Kroom buten âll tōrecht hett, lōōst sē dėn ōlen Persetter* ēērst mool an de Wēēğ af. Un dē geiht no sien Grēten-Süster un vertellt ehr dat âllns vun A bet Z, wosück[X30] ėm dat gohn is. Sien Süster freut sik bannig[X90]. Un as hē no de Buddel frooğt, seğğt sē gliek: „Jo, Hans, sōōn Buddel heff ik grood ni mēhr, dē is mi mool tweigohn. Over dat Suuğdings un dėn Proppen heff ik noch, dėn bruukst du blōōts op ėn Vėddel-Liter-Buddel|Hâlfplanksbuddel steken, dėnn is de Kroom wedder[X41a] in de Rēēğ. Over as ik seggen wull: Jüm|Ji|Ju[X01] mööt|*müsst* dėn Proppen man jo jümmer aftrecken un in kōōlt[M3] Woter leggen, wėnn dat Kind sogen hett. Dėnn sunst wârrt de Melk suur un *(MäJ1b.039)* de Lütt' kriğğt Liefwēh|Lie'wēh|Liefkniepen un wârrt sükig|*ernsthaft krank*. Un schull[X62b] dat Göör sik mool verslucken, dėnn sett jüm|ji|ju dat gliek steil op un slooğt|sloot dat düchtig[X90] achter op'n Rüch. Un vun Woter un Melk nehmt jüm|ji|ju hâlf un hâlf, un de Melk an' besten vun ēēn un desülvige Kōh, mienthâlben vun dien Buntkopp|*Kuh mit geflecktem Kopf*. Un wėnn jüm|ji|ju dor ėn lütt[M3] Stück Zucker rinsmiet, sō kann dat ni schoden, blōōts ni tō veel."

„Dat wüllt[X63]|wööt|wöö'|*wollen* wi wull blatschen|tōrechtkriegen", seğğt Persetter, „over ēēn Dēēl|*aber eines*, dor wēēt ik kēēn Lock in tō finnen|*da finde ich keine Lösung* ōder ik mutt

friegen|*heiraten*." – „Wat seǧǧst du, Hans?", seǧǧt sien Süster.
– „Ōder ik mutt friegen", seǧǧt Persetter* un sitt dēēp in
Gedanken. – „Wosō^{X30}|*Wieso* mēēnst du, Brōder?", seǧǧt de
Buurvööǧtsch^{X16} un kickt ėm hēēl wunnerli an, as wėnn sė ni^{X20}
wēēt, wō hē op ruutwill. „Wat is dat dėnn?" – „Süh", seǧǧt
Persetter, „dat geiht um'e Nacht. Heff ik de Wēēǧ vör't Bett,
sō wârrt mi dat op'e Läng tō suur, dėnn ik schâll nachtöver
ōōk man mien Rōh^{X52} hėbben. Un Marieken kann ik dat allēēn
ōōk ni tōmōden. Dē hett dooǧs ōōk ehr Ârbeit un nu ēērst
recht. Un loot wi dat umgohn|umschichtig moken, dat is ōōk sōōn
Sook. Un liekut seǧǧt: Ik much de Lütt' ōōk gor ni gēērn
missen|*entbehren*." – „Un dor wēētst' kēēn Lock in tō sēhn?",
seǧǧt sien Süster. „Dor is je licht Root: Marieken kann ehr
Bettstell je man mit no dien Slōōpkomer rinsetten, grōōt nōōǧ
is dē je. Un dėnn sett jüm|ji|ju^{X01} de Wēēǧ merrn (MäJ1b.040)
twischen sik|ju^{X08} hėn." – „Dat is lichter seǧǧt as doon", seǧǧt
Persetter, „dat deit Marieken ni. Un dat is ėn Sook, wō sė sik
ni dwingen lett un wō ik ehr ōōk ni dwingen maǧ; dėnn âllns
hett sien Moot|*Maß*. Over hōōr mool, Grēten, wėnn ik
wuss|*wüsste*, datt Marieken dat dä|*täte*, ik frieǧ|*heiratete* ehr. Dėnn
kunnen wi dat mit Ēhren dōōn, un sė hett dat ēhrli an mi
verdēēnt. Un för dat lütt' Göör, glōōv ik, is't ōōk beter." – „Dat
muttst du sülben an' besten weten, Hans", seǧǧt Grēten. „Un
wėnn dat dien Ēērnst is, sō heff ik dor nix bi intōwėnnen; un
wėnn du dat wullt, dėnn kann ik Marieken op dit Flach|Rebēēt
je mool op'n Tähn fōhlen." – „Nä", seǧǧt Persetter, „man
blōōts ni! Dat kann ik beter allēēn. Un ik heff mi dat fast
vörnohmen, datt ik dat dōōn will. Un wėnn dat jichens|*irgend* sō
hėnpasst, vundooǧ|*heute* noch. Un de Lüüd mööǧt|*mögen*
snacken, wat süm|se^{X04} wüllt^{X63}|wööt|*wollen*, dor schiet de ..., na,
du versteihst mi." – „Dor hest du recht in", seǧǧt sien Süster,
„dat is Snötersnack|Fiselfosel. Dat kannst du mit Ēhren dōōn, un

Marieken ōōk, un Gott geev sien Segen! Un wėnn dat sō wârrt, ėn Unkōōp|*einen Fehlgriff* deist du ni[X20] mit ehr."

Persetter* blifft dor nu noch bet in de Schummertiet |*Dämmerung*. Dėnn stickt hē sien Proppen mit dėn Titt|*Schnuller* op in de Tasch un geiht wedder[X41a] no sien Marieken. Un as hē dor ankummt, is dē jüst bi un wascht de Lütt'. Persetter froogt ehr dėnn: „Na, hett de Lütt' ōōk veel schregen?" – „Nä", seğğt Marieken, „dat (MäJ1b.041) geiht, over hett Hē ėn Buddel?" – „Buddel jüst ni", seğğt hē, „over ėn Proppen mit sōōn Titt op", un hē kriğğt ėm ut de Tasch, „dėn bruukt wi blōōts op ėn Vėddel-Liter-Buddel|Hâlfplanksbuddel steken." – „Sōōn Dings heff ik noch", seğğt Marieken, „foot|*fasse* Hē de Lütt' mool ėn Stōōt|*Moment* an, ik will dat gliek tōrechtmoken." Sē geiht no de Kōōk un deit dat. Un Persetter geiht mit sien lütt' Dochter op un dool un kickt ehr an. Un hē schient wedder dēēp in Gedanken.

Nu, Marieken kummt al wedder rin un seğğt: „Nu wüllt[X63]|wööt|wöö'|*wollen* wi dat gliek mool mit de Buddel versöken, mi schâll dat mool verlangen|*ich bin gespannt*, watt[X26]|*ob* sē dėn Titt wull anfoot|*anfasst*." Un sē nimmt de Lütt' op dėn Schōōt un stickt ehr dat Dings in' Hâls, un …, nä, noch will dat ni! „Dor is doch Luft in?", seğğt sē un suğğt dor sülben mool op, un: „Jawull", seğğt sē, „gohn deit dat." Un sē stickt de Lütt' dat wedder rin. Un richtig|würkli! Nu kummt dat Gōōr dor achter, un kiek, wo[X30] dat suğğt un möppert*|*mit mopsartigen Pausbacken* un sik pleeğt. Un de ōl' Persetter freut sik as ėn lütt[M3] Kind.

„Dat schâll wull gohn", seğğt hē, „over ēēn Dēēl|*aber eines*, dat wēēt ik ni, wo dat wârrn schâll|*wie das werden soll*." – „Wosō[X30]|*Wieso*? Wat mēēnt Hē?", seğğt Marieken un leğğt jüst de Lütt' in de Wēēğ. – „Jo", seğğt Persetter, „ik mēēn: Wokēēn[X33] vun uns schâll nu nachtöver de Lütt' bi sik hėbben un ehr wēgen un tō Hand gohn, wėnn ehr wat ankummt?" –

„Dor bruukt Hē sik ni[X20] um *(MäJ1b.042)* quälen", seǧǧt Marieken, „ik nehm de Wēēǧ an' Oḃend mit no mien Komer. Hē is nu je wull ni mēhr bang, datt ik ėm dat Kind wedder[X41a] weǧdreeǧ." – „Dat jüst ni", seǧǧt Persetter*, „over Marieken, dat kann ik di ni tōmōden un in' Sinn hėḃḃen. Du hest dooǧs dien Ârbeit, un nu ēērst recht, un hest dien Rōh[X52] nachtöver bōōs nȫdig." – „Un Hē ōōk", seǧǧt sē. – „Ik will di wat sėggen", seǧǧt Persetter, „wi kunnen dien Bett mit in mien Sloopkomer setten un de Wēēǧ in de Merrn. Süh, dėnn kunnen wi dat umgohn loten|umschichtig moken." – „Herr", seǧǧt Marieken mitmool, „wō[X31] dėnkt Hē hėn! Dat is doch wull ni Sien vullen Ēērnst? Un wėnn dat Sien Ēērnst ween[X82a] schull[X62b], dėnn will ik Ėm man gliek sėggen, datt dor nix ut wârrt. Un is Hē ēērsten|vorhin Herr bleḃen (un dat mit Recht, as ik nu insēh[X58]), op dit Flach|Rebēēt bliev ik Herr. Un ik much mool sēhn, 'kēēn[X33] mi dortō dwingen will!" Un dorbi kickt sē ėm an, as wėnn sē sėggen will: ›Wėnn du mi nu wat wullt, dėnn koom ruut!‹ „Tō ėn Spektokel loot ik mi ni moken!", seǧǧt sē noch. – „Wârr|Werde man ni gliek wedder füünsch|dullerhoor", seǧǧt Persetter; „dat is ōōk noch lang ni mien Ēērnst. Over wėnn du mi versprickst, datt du mi geruhig[X52] un bet tō Ėnn anhȫren wullt, dėnn will ik di mool kott un ēērnsthaftig wat sėggen." – Marieken, dē dat lütt' Göör wēēǧt, lett verboost|verwunnert de Wēēǧ ėn Momanǵ stohn un kickt ėm an, un seǧǧt: „Na, dat schåll mi nu doch verlangen|bin gespannt, *(MäJ1b.043)* wat Hē mi tō sėggen hett!" – „Jo", seǧǧt hē, „ēērst verspreek mi dat un seǧǧ ›Jo‹." – „Na..., ›jo‹ dėnn", seǧǧt sē, „dėnn loot Hē dat mool hȫren." – „Süh", seǧǧt Persetter, „ik wēēt kēēn betern Root as: Wi beiden mȫȫt|müssen sik|uns[X07] friegen! Un wėnn du sō wullt as ik, dėnn fiert|feiern wi Kinddōȫp un Hochtiet op ēēn Daǧ." – Hier swiǧǧt hē still un nimmt sik ėn Fidibus un stickt sien Piep an. Un as Marieken nu seǧǧt: „Is Hē nu kloor|fertig?", dō seǧǧt hē noch: „Du schasst mi richtig verstohn. Wi leeḃt|leben dėnn eḃensō

Aussprachehilfen für ō, ē, ȫ, â, ė, ḃ, ǵ, ǧ, ǧ: siehe Seite 5 UND Buchdeckel!

tōhōpen as nu, dènn Jux un Nârrenkroom schâll dat ni[X20] wârrn, dor sünd wi beiden överhèn. Man ik mēēn, dat is beter för uns un an't Ènn ōōk för dat lütt' Göör. Sō", seǧǧt hē noch, „nu bün ik kloor. Du kannst dor nu över nodènken, ik verlang ni, datt du gliek >Jo< sèggen schasst." Un hē stickt sien Piep wedder[X41a] an, sien ōl' Philister|*Tabakrest im Pfeifenkopf* is èm wedder utgohn. – Marieken hoolt dēēp|hōōch Luft, un as Persetter* sien Piep wedder in Brand hett, seǧǧt sē: „Is dat Sien vullkomen Ēērnst?" – „As ik seǧǧ", seǧǧt Persetter, „mien vullkomen Ēērnst." – „Gōōt[X50]", seǧǧt sē, „nu kiek Hē mi mool liek|*gerade* an. Dènn will ik Èm ōōk mool wat sèggen, un dat is ōōk mien vullkomen Ēērnst: Sō wohr as ik hier vör Èm un unsen Herrgott sitt, dor heff ik ni ēēn Mool an dacht, datt ik Èm noch mool friegen kunn, ōōk ni, as wi noch jung wēērn. Over ik sēh[X58] nu sülben in, datt dat ni anners gohn kann. Un *(MäJ1b.044)* wènn Hē will, kann't mienthâlben lōōsgohn, wènn't schâll. Un de Lüüd mōōǧt|*mögen* snacken, wat süm|se[X04] wüllt[X63]|wööt|*wollen*, dor sch..., na, dat is vun unsen Herrgott!" – „Gōōt[X50]", seǧǧt Persetter, „dor hest' mien Wōōrt un mien Hand!" Hē gifft ehr sien Hand hèn un sē gifft èm ehr. Un de beiden sünd nu èn Poor un blōōts de Dōōd kriǧǧt süm|ehr[X05] wedder vunēēn|*auseinander*. – „Over nu muttst du ōōk >du< tō mi sèggen", seǧǧt Persetter. – „Nä", seǧǧt sē, „dat blifft âllns bi't Ōle. Over wènn ik ēērst Sien Fru bün, dènn schâll mien Bett in Sien Sloopkomer rin, un de Wēēǧ schâll twischen uns stohn. Sō lang hölpt wi sik|uns[X07] wull un slooǧt|sloot sik|uns wull sō dör." – Un süm|se hölpt sik ōōk sō lang, is je ōōk ni lang mēhr hèn.

Dèn annern|*nächsten* Daǧ, sō eben vör't Schummern, schâll nu de dōde Toterōōlsch begroovt|*begraben* wârrn. De Ârmendischer hett al sōōn Ding vun Ârmensârǧ ut wücke ruge, witte Breed tōhōpenslogen|-sloon, mit èn platten Deckel op, sōōn ›Nösendrücker‹|*Nasendrücker*. Un in de Ârmsünnereck |*Selbstmörderecke*, twischen de grōten Linnenbōōm op'n Kârkhoff, dor schåll sē liggen. Vēēr Mann hōōch hebbt bi sōōn Gelegenheit de Opgoov un dreeġt dėn Dōden weġ, sō as süm|se^{X04} goht un stoht, in ėn linnen Kittel un op holten Tüffeln, ohn Sang un Klang, un kēēn Minsch folġt no un wēēnt. Un ditmool hârr|*hätte* dor an't Ėnn ōōk kēēn Minschensēēl wēēnt, wėnn't de ōl' Buurvööġtsch ni^{X20} doon hârr; un kēēn Minschensēēl wēēr nofolġt, wėnn de ōl' Persetter* ni achterangohn wēēr un sien Swoger, *(MäJ1b.045)* de Buurvooġt. Dėnn kott tōvör is de ōl' Persetter no sien Swoger hėngohn, in sien besten Antoġ un sien beste Kledoosch|*Kleidung*, mit sien brēden swatten, rugen Filthōōt op (sōōn Oort Spintsmoot |*ehemals Hohlmaß für 1 Spint = ¼ Scheffel*, blōōts boben brēder as nerrn), un hett tō sien Swoger seġġt: „Juchen, ik will folgen, dat is mien Dochter ehr Mudder^{X12}; dō mi dėn Gefållen un goh ōōk mit." – Un kiek! Dor koomt süm|se mit ehr andregen. Un Persetter un sien Swoger goht ēērnsthaftig un andächtig achteran, hebbt beid' süm|ehr^{X06} Hannen fōōlt, un süm|ehr Fuusthannschen hangt süm|ehr^{X05} blōōts över'n rechten Ârm. Un as süm|se bi Persetter sien Huus vörbigoht, kickt de Ōl' dor in't Finster, un Marieken steiht dor achter un hett dat lütt' Göör op'n Ârm. Dat hett hē ehr sō seġġt, as wėnn de dōde Ōōlsch ehr lütt^{M3} Kind noch mool sēhn schull^{X62b} un datt dat in gōde^{X50} Hannen un gōōt^{X50} ünnerkomen is. Un kiek, de ōl' Marieken lōōpt ōōk de Tronen över de Backen. – Na, süm|se goht dėnn wieder, un wohrhaftig, dicht vör de grōte Kârkhoffspōōrt pedd de ōl' Herr Paster mit sien griesen Kopp ōōk noch bi, un süm|se bringt de Ōōlsch tō Rōh^{X52}. Herr Paster sprickt nu noch dėn Segen, dėnn beedt süm|se ėn Voder*unser* un dėnn goht süm|se wedder^{X41a} tō Huus. – „Un ik will dor noch ėn lütt^{M3} Krüüz opstellen loten", seġġt de ōl' Persetter tō sien Swoger, „datt dat Göör nöössen doch wēēt, wō sien Mudder afbleben is; un Gott heff ehr selig."

As hē wedder[X41a] tō Huus ankummt, bi sien Marieken, *(MäJ1b.046)* dō[X23] is dē wat still un hē ōōk, un de Ōl' kickt dat lütte Göör hēēl duursoom|*mitleidsvoll* un bârmhattig|*gutherzig* an un seğğt: „Sō lang as ik ėn Stück Brōōt heff, mien Dochter, schasst|*sollst* du ōōk wat hėbben, un sō lang as uns' Herrgott leevt, büst du ni[X20] verloten; un wėnn ik ni mēhr leev, wēēt hē wull wieder|*weiter* Root." – „Un sō lang as ik de Ōgen open heff", seğğt sien ōl[M3] Marieken, „will ik ehr Mudder ween[X82a] un dat letzt' Stück Brōōt mit ehr dēlen". Un de beiden Ōlen geebt sik de Hand un verstoht sik as ėn Poor richtige Christenkinner, un dat is nōōğ.

Nöössen, ėn gōde[X50] süss-Wekens Tiet achterno, as de Ōōlsch begroovt|*groovt* is, loot Persetter* un Marieken sik in süm|ehr[X06] Koot still tōhōpengeben un de Lütt' dat Christendōōm, sē wârrt op ›Marieken‹ döfft. Dor is sunst kēēn bi as Juchen un Grēten, Appel-Medder, dē ehrn Mann un natüürli Herr Paster; Appel-Medder is dor gor ni gōōt[X50] op tō snacken, datt ehrn ōl' Brōder dat Göör annohmen hett un op sien ōlen DoOğ noch friegen deit. Dat geiht dor hēēl still un fierli her un Appel-Medder lett sik vör Herr Paster nix ankomen|*anmerken*. Un Herr Paster, as hē süm|ehr[X05] truut, is sō ruhig[X52] un sō würdig un de Tronen blinkert|*glänzen* ėm in de Ōgen, un hē seğğt in sien Reed, datt ėm dat ėn Ēhr un ėn Freud un ėn Gnood vun Gott is, sōōn würdig[M3] Poor tōhōōptōgeben un sōōn Gottskind (sō nöömt hē de Lütt' un mēēnt dormit, datt uns' Herrgott ehr schėnkt hett) *(MäJ1b.047)* dat Christendōōm tō geben. Un hē segent|*segnet* süm|ehr[X05] dėnn âll in mit sien beverige Stimm, datt dat Appel-Medder orri[X90] antreckt|*berührt* un sē hōōch opsüüfzt, as Herr Paster ›Amen, in Jesu Namen!‹ seğğt.

Dat is hâlve Noméddağ, Klock drēē, un süm|se[X04] drinkt Kaffe. Un as süm|se dèn Kaffe uthebbt, sünd Köst|Hochzeitsfeier un Kinddȫȫp ȫȫk ut. As Herr Paster un de Gäst weğ sünd, hett Persetter* noch Tiet nȫȫğ un sleit Marieken ehr Bettsteed|Bettstee'[X60] in sien Sloopkomer op, un Marieken mookt sik ehr Bett. An' Obend steiht dènn de Wēēğ mit dat lütte Göör twischen süm|ehr[X05], un dor is de Lütt' gōȫt[X50] hinsett: Op beide Sieden èn ēhrli[M3], christli[M3] Hatt un vun boben Gott sien Segen.

Un dat is würkli sō, as wènn Gott sien Segen nu ēērst sō recht bi dèn ōlen Persetter introcken is. Dènn dat is èm nu ēērst sō recht un hēēl kommōdiğ|behaglich in sien Koot. Dat kummt èm sō vör, as wènn sien ōōl[M3] Marieken lang ni[X20] mēhr sō ruuğ is as frȫher, veel stiller, gedülliger un liedsomer |umgänglicher, wènn't ȫȫk noch moolmit|gelegentlich sōōn lütte Battâllje|Gefecht gifft. Un hē kann dat nu al driest|frech mool wogen un sien Piep in Gedanken in dat blanke mischen Spieğnapp utpurren – Marieken seğğt èm nix, un sien Kârkenbȫker hebbt nu ȫȫk Rōh[X52] un Freden vör ehr; dènn ehr lütt' Dochter steiht dor ȫȫk je mit inschreben op unsen Herrgott sien Folio|Blatt un Noom.

Sō geiht dènn ēēn Dağ no'n annern in Rōh[X52] un Freden hèn un de Lütte nimmt sichtborli un (MäJ1b.048) ȫgenschienli tō. Wat hett sē al för lütte nüüdlige, drâlle|stramme Bēēn, un wat för lütte witte, runne Ârms, orntli èn lütte Kuhl op'n Ellbogen; un rein sōōn wēke runne Backen (man sō tō't Rinbieten), un sōōn lütten sȫten Zuckermund. Dat is èn Kind as ut'n Dēēğ wültert|gewalzt, sō nüüdli un pummelig, èn Zuckerpummel vun Göör! Un dat kriğğt ȫȫk noch mool pickenswatte|gneter- Hoor un swatte Ōgen, dat is nu al tō sēhn.

Sō wasst de Lütte dènn ünner Gott sien Segen op, tru un hattli verpleeğt, un wârrt jümmer grötter. Sē kann nu al op âll

Vēēr krupen un steiht al hēēl allēēn an' Stōhl op, löppt ōōk wull vun ēēn Stōhl no'n annern ōder vun Persetter sien Ârms in Marieken ehr, wėnn de beiden sik hükert hebbt|hingehockt *haben*. Sē seğğt|sagt ōōk al nett mit|gelegentlich an|Bescheid, wėnn ehr wat ankummt|wėnn sē mutt, vergitt|sagt Bescheid dat over ōōk noch moolmit|gelegentlich. Kiek, nu vergitt sē dat al wedder[X41a], steiht dor hēēl still in de Eck. Un Persetter* will sik ėn Spoos moken un seğğt: „Tōōv, du eische Dēērn, kannst du ni[X20] ansėggen|Bescheid sagen? Marieken hett ēērst eben utfeeğt un witten Sand streut! Ik mutt wull mool de Rōōt herkriegen!"; un hē beert sō, as wėnn hē sik dat Dings ut de Schōōl holen will. – As Marieken dat over man hȫȫrt un süht, seğğt sē: „Hē schull[X62b] sik man blōōts ēēn Mool ünnerstohn un mi dat Kind slogen|sloon! Koom du man no mi, mien Dochter, hē schåll di nix dōōn." – „Na", seğğt Persetter, „dat mârk ik al: Du wârrst dat Gȫȫr noch *(MäJ1b.049)* nüüdli vertrecken!" – „Sō-ō?", seğğt sē, „Hē mēēnt man jümmer[X21] – slogen|sloon! Hē schull Sien unoordigen Schōōlkinner man wat geben. Over mien lütt' Marieken lett Hē mi in Rōh[X52] un Freden." – „Süh! Kiek!", seğğt Persetter, „wēētst' ōōk, wat in Gott sien Wōōrt steiht? – *Wer sein Kind lieb hat, der züchtigt es!*" – „Dat is åll schȫȫn un gōōt[X50]", seğğt Marieken, „over ållns mit Ünnerschēēd, dat hett åll sien Moot|Maß un sien Schēēd|Grenz, un bi Ėm is dat Slogen|Sloon al tō Gewöhnheit worrn. Ünnerstoh Hē sik ni un hool Hē mi de Rōōt! Wat wēēt dor sōōn lütt[M3] Gȫȫr vun; un Hē hett dor je nix mit tō dōōn; dat gifft sik vun sülben." – „Na, dėnn loot dat!", seğğt de Ōl' un beert, as wėnn hē hēēl verdrēētli is. Hē smuustergrient over sō in sik un vun Mulen is kēēn Reed.

Un dat gifft sik ōōk, Marieken hett recht, un dat lütt' Gȫȫr wârrt jümmer nüüdliger un jümmer grötter, kann al wiesen ›wo[X30] grōōt‹: „Sō grōōt!" un „Kōkenbacken" un „Schuuv in'

Oben! Schuuv in' Oben!" Un wasst jümmer wieder un lustiger ut'e Schiet, kummt nöössen ōōk bi Persetter in de Schōōl un lēhrt|lernt dat grōte A in de Hohnenfibel*, un Schrieben un Reken un de Gebōden un dat Christendōōm un tō Wiehnachten: *„Also hat Gott die Welt geliebt."* Sē hett en klōken Kopp un nimmt bannig[X90] gōōt[X50] op un wârrt jümmer schöner. Sē hett sōōn witte Tähn un sōōn fiene Huut, sōōn lütt[M3] beten bruun, un swatte Ōgen un (MäJ1b.050) pickenswatte |gneterswatte Hoor! Kiekt dat Göör man blōōts mool an, jüm|ji|ju[X01] kennt dat gor ni[X20] wedder[X41a]! – Wenn de Toterōōlsch ehr ni sülben stillt hârr|sööğt hârr|den Titt geben hârr, schull[X62b]|sollte|könnte ēēn|man glöben, sē hârr dat Göör en Prinzess ut de Wēēğ klaut, sō nüüdli un prächtig süht de Lütt' ut! – Sē lēhrt ōōk âlns, un ni blōōts bi Persetter* in de Schōōl, ōōk bi Marieken: Schötteln opwaschen|abwaschen, Kaffe koken, neihen un knütten|strichen, stoppen un flicken, häkeln un sticken. Ōōk ehr Noomdōōk|Stickmustertuch kann sik al sēhn loten. Hett sē den ōlen Persetter ni al hēēl allēēn en Samtkapp mookt för sien ōlen griesen Kopp. Un hett sē em ni en Poor swattwullen Fingerhandschen knütt|stricht, datt em sien Fingern ni verkloomt|klamm werden, wenn hē op de ōl' kōle Orgel fingerēērt, wō hē sō al sien Plooğ mit hett. Un hett sē em dat ni âll tō Wiehnachten beschēērt? – Wat de Ōgen vun Lütt-Marieken man sēht[X58], dat köönt ehr Hannen moken, un in de Schōōl is sē de Best.

   As sē foffteihn Johr ōōlt is un Ōōstern ut de Schōōl schâll, dō is sē för ehr Öller al düchtig[X90] ruutwussen, un wohrhaftig, bi Gott, as sē in de Kârk bi de annern Dēērns in' Gang steiht un insegent wârrn schâll, dō süht sē bi de annern ut, as wenn sē würkli en Prinzess wēēr, op un dool! De ōl' Persetter kickt ōōk stief vun sien Orgelböhn|Orgelempore op ehr dool, un sien ōōl[M3] Marieken kickt vun nerrn; un âll hebbt süm|se[X04] ehr in't

Aussprachehilfen für ō, ē, ö, â, e, ъ, ġ, ğ, ğ: siehe Seite 5 UND Buchdeckel!

Ōōğ, de Ōlen un de Jungen. De ōl' Herr Paster mit sien witten Kopp leğğt ehr nu sien Hand op ehrn lütten (MäJ1b.051) Ėngelskopp, segent ehr in un seğğt: *„Behalte, was du hast, dass dir niemand deine Krone raube! Der Herr segne dich und behüte dich. Der Herr hebe sein Angesicht auf dich und sei dir gnädig. Der Herr lasse sein Angesicht leuchten über dir und gebe dir seinen Frieden! Amen.“* Dō sitt dėn ōlen Persetter* dat Hatt boben in' Hâls, un de Tronen stoht ėm in de Ōgen, sien Kinn flüğğt ėm hēēl liesen op un dool un sien Hannen hett hē fōōlt, hē beedt. Un kiek, sien ōōl[M3] Marieken ōōk! Un sē kann ehrn ōlen Kopp ni[X20] mēhr still hōlen, sō bevert dē al vör Öller, dėnn sē geiht nu al in ehr drēēunsöbentiğst[M3] Johr. Persetter geiht al in sien fiefunsöbentiğst Johr, is over noch veel streviger|*rüstiger* as sien ōōl[M3] Marieken un noch sō strevig|*rüstig*, datt hē sien Kroom noch hēēl un dēēl vörstohn|*beherrschen* kann, wėnn dat mit sien Orgelspeel ōōk ni mēhr sō flutschen will, as wull frȫher. Over wat Marieken is, dē hett nu je al ėn Stütt an ehr lēve Dochter. Dat süht ēēn gliek, as süm|se[X04] nu tō Huus goht. Dėnn dat Gohn wârrt de Ōōlsch al wat suur mit ehrn ōlen beverigen Kopp, un glattiest|*Glatteis gebildet* hett dat ōōk. Wo[X30] schull[X62b]|*sollte* sē nu no Huus komen, wėnn ehr lütt[M3] lēēv[M3] Mariekenkind ehr ni inhookt|*inȫȫscht* hârr un ehr no Huus broch|*brächte*! – Persetter mutt je noch ēērst tō'n Utgang ›*Unsern Ausgang segne Gott‹* spelen un de Kârkendöör tōsluten.

As süm|se nu âll wedder[X41a] tō Huus sünd, dō küsst de (MäJ1b.052) lütt' Marieken ehrn Ōlen un ehr ōle Mudder[X12], un de Ōlen sünd rein rȫhrsoom|*gerührt*. Un wat hē is, Persetter, hē gifft sien ōōl[M3] Marieken ōōk ėn Sȫten|*Kuss*, dėn ēērsten, dėn süm|se sik geēbt, un vėllicht ōōk dėn letzten. An' Nomėddağ leest hē ehr ėn Kapitel ut de Huuspostill |*Erbauungsschrift* (mit de grȫte grove Schrift in) vör. Un dat is dor sō hillig un sō still, as wėnn süm|se bi unsen lēven[X59] Herrgott in sien grōten Himmelssool sünd, ōder uns' lēve Herrgott is bi süm|ehr[X05] in de lütte Koot; dat kummt âllns op ēēns ruut. Un wi wüllt[X63]|wööt|*wollen* man wünschen, datt Herr Paster sien Segen an dat Kind wohr wârrt un uns lēv' Herrgott sien besten Himmelsdau an sien Gottskind vun Dēērn hangen deit un sien besten Sünnenschien dorop hėndool lachen lett. Hē is kumpovel|*imstande* dortō!

Du,

Ditschi-Platt,

truust' di wat?

Aussprachehilfen für ō, ē, ȫ, â, ė, ƀ, ġ, ǧ, ǧ: siehe Seite 5 UND Buchdeckel!

Kapitel 4

(MäJ1b.053 – Kiek ōōk MäJ1a.050!)

Sō goht wedder[X41a] ėn poor stille Johr in Rōh[X52] un Freden un Ârbeit hėn, un de beiden Ōlen leeḃt nu al[X27] meist vun süm|ehr[X06] Kaptool, ik mēēn, vun süm|ehr lütte Dēērn. Dėnn dē betohlt süm|ehr[X05] dat nu mit Tinsen wedder tōrüch, wat süm|se[X04] an ehr doon hebbt. Lütt[M3] Marieken ehr lütten jungen Bēēn, dē lōōpt, wō de Ōlen sik al gēērn mool bōō̇gt un still sitt. Un ehr lütten flinken Hannen, dē mookt âllns tō Schick un in de Rēēğ|2x *bringt in Ordnung*, wat de Ōlen nu al gēērn stohn un liggen loot. Un verstohn deit sē âllns, in't Huus un buten Huus, in' Goorn un op't Feld: Allerwegens wēēt sē Beschēēd, wēēt sik tō kanten un tō kēhren|*zu drehen und wenden*, as hârr sē Ėngelsflünk|*-flügel*, un is ōōk je sōōn Ding.

Sē kann neihen un stoppen, un sticken un flicken, un spinnen un winnen|*flechten*, kann Kōh melken un Swien fōdern[X46], kann soden|*sieden* un broden un Wüst moken. Un ėn Swien vun 140 Kilo|vun ėn Stieğ Liespund *(20 x 7 kg)* kann sē al hēēl allēēn inkoken. Jüm|Ji|Ju[X01] schullen[X62b]|*solltet* ehr blōōts mool sēhn, wosück[X30] ehr dat vun de Hand geiht, un ehr Wüst|*Würste*, dē leeḃt un lacht! *(MäJ1b.054)*

Seğğt de ōl' Persetter* ni[X20] sülḃen bi Disch tō sien ōōl[M3] Marieken: „Marieken, Marieken ehr Wüst smeckt beter as dien!" – Un sien ōōl[M3] Marieken snackt dor gor ni gēgenan, man seğğt: „Jo, dat is kēēn Wunner! Dėnn sō as sē ōōk jümmer[X21] frooğt: ›Schull|*Sollte* Voder[X11] dē wull sō mögen?‹ Ōder ›Schullen|*Sollten* dē Voder sō ōōk wull soltig nōōğ ween un ni tō basch|*schârp*?‹ Un dėnn jümmer op'n Finger lickt un tōprōō̇vt|*abschmeckt* un jümmer ›Voder‹ achter un ›Voder‹ vör! Dat mutt dėn ōlen Voder wull smecken!"

Jo, dat is wiss|*sicher*: Wenn lütt[M3] Marieken nu ōōk man Klavier spelen un danzen kunn|*könnte* un wuss|*wüsste*, wo[X30] en Wust op Engelsch un Franzöösch hēēt, denn wēēr sē in' Huusstand vullkomen. Over dat hett sē ni[X20] lēhrt, denn op dit Rebēēt|Flach sünd Persetter* un sien Ōōlsch man âll beid ēhr flau un swack, wenn süm|se[X04] den Mund ōōk sunst hēēl gōōt[X50] tō bruken wēēt un recht leifig|*locker* över de Tung krie̊gt, ›watt[X26]|*ob* du ni sō gōōt[X50] ween **wust**|wullst|*wolltest* un henkomen **wust**|wullst|*wolltest*, dor wēēr noch **Wust**, wenn du **Wust** hebben **wust**|wullst|*wolltest*‹. Nu, wi mööt|*müssen* recht un billig|*gerechterweise* se̊ggen: Wat|*Etwas* fehlt dor jümmer an, un dat is hütigendoogs ōōk man|*nur* mennigmool|*oft* dat … Solt an de Kantüffeln.

Un nu ēērst in' Goorn, in Persetter sien lütt[M3] Paradies! Dor hō̈rt jüst sōōn Engel rin. Sē kann seien un kleien|*graben*, un planten un jüden|*jäten* un allerwegens no'n Rechten kieken. De Mōōsrōsen|Musch-|*Rosa x centifolia 'Muscosa'* un de Provinzrōsen |*auch: Knopfrose* blō̈ht|*blühen* man sō mit ehr in de Wett un wēēt sik vör Persetter (MäJ1b.055) sien Ieben[X76]|*Immen* ni tō bârgen. Wück' vun de ōlen lütten Dinger summt un brummt de lütt' Marieken sō dicht bi de Nöös un de Ōhren rum, as wenn süm|se ehr Backen op'n Kieker hebbt. Un dor kann ēēn wohrhaftig ōōk wull biesterig mang wârrn, mang âll de Rōsen!

Un Hans Nachtigol sitt in' bōken Knick|*Buchenhecke* bi't Iebenschuur, un singt ut vullen Hâls, as wenn hē unklōōk is:

„Lüü'[X60], Lüüd, kiekt mi dat Kind mool an!
Süh, süh, dat man sō leevt un lacht!
Zack-zack-zack-zack-zack-zack-zackerloot!
Wo wârrt dat Hatt ēēn grōōt,
wo wârrt ēēn snooksch|*seltsam* tō Mōōt
un rappelköppsch! bsch-bsch-bsch-bsch-bsch-bsch-bsch-bsch!

Aussprachehilfen für ō, ē, ō̈, â, e̊, ɓ, g̊, g̈, g̈: siehe Seite 5 UND Buchdeckel!

Süh, süh, ik sing hier Dağ un Nacht!
Sing, sing, wat dat man lieden kann|was das Zeug hält!
   Un alle Johr-rr!
   Is wohr-rr! Is wohr-rr!
Un zackermentsch, mentsch-mentsch-mentsch-mentsch-
     mentsch-mentsch-mentsch-mentsch!" –

„Dat-dat-dat-dat-dat-dat-dat-dat-dat glō̄v ik gēērn! –
   Ik-ik-ik-ik-ik-ik-ik kėnn kēēn smucker Dēērn!",
fallt nu ›Hans-vun-ēnerwies|von irgendwo‹, dē Moschü Bōōkfink,
in un singt sō vun boben hėndool, ut'n Prinzappelbōōm, un
dėnn:
     „Pink-pink –
     wat 'n Ding!
     Pink-pink –
     wo^{x30} flink!" – – –
     „Un smuck",
seğğt de Kluck, (MäJ1b.056)
     „wo smuck,"
     smuck-smuck!" – – –
Un âll de lütten Küken:
     „Dat is ōōk uns' Marieken!
     Riek-riek!" –
Un nu Huusvoder^{x11} Lünk|Spatz, as ėm de Snovel wussen is:
     „Is ėn Spitzbōōv!
     Is ėn Gaudēēf!
     Hett ėn Kuhl in de Backen,
     un ėn Schelm in' Nacken!
     Over sō̄t,
     over sō̄t
     as de Zuckerârfen!"

Un nu de lütte Krööt|*Knirps* vun Tuunkrüper|Tuunkönig, wo hē hüppt un wüppt un swippstēērt|*schwanzschwippt* un singt:

„Un sō flietig un driftig|*emsig* un nüüdli un lēēfli, unsen Herrgott sien Ōōǧappel|*Liebling*!“

Blōōts lütt' Rōōtbost|*Rotkehlchen* (meist hârr ik mi versproken un ›Rōōtback‹ seǧǧt), lütt' Rōōtbost sitt still in' Stickbeinbusch[X71] |*Stachelbeerbusch* un quinkelēērt|*zwitschert* sō rein|*ganz* liesen:

„Marieken, Marieken!
Di mutt ik ankieken!
Du hest ni[X20] diensglieken,
Du lēve Marieken!“

Un nu âll de lēven[X59] Vogels un Pietjemanntjes ēēn manġ'n annern dör, un dat singt un klingt! Un klingt:

„Süh, süh, süh, ėn smucke Dēērn! Sō sōōt, sō sōōt un lēēfli! Minsch, Minsch, Minsch, is wohr, is wohr, uns Marieken … hett *(MäJ1b.057)* ni ehrsglieken, is unsen Herrgott sien Ōōǧappel!“

Un op't Feld, wo[X30] geiht de Dēērn dat vun de Hand! Sē kann hârken un binnen, un hocken un loden, un sōgor de ōlen Klieben|*Kletten* un Diesselköpp|*Distelkörbe* hookt|*haken* un heft|*hecht*|*haften* ehr an un dat sō fast, as wėnn dē vun de Dēērn ni loten köönt! – Un nu de Ōōlsch dor boben mit ehr geelglōhnig[M3] Angesicht, wo kickt sē ebenweǧ|*unablässig* un pielliek|*zielgerichtet* op dat Kind hėndool! As wėnn sē ėn Nârren an ehr freten hett! Un hett sē dat ni? Kiek, wo sē in de lütt' Marieken ehr sōten Backen rinbitt, datt dē orri[X90] bruun un glōhnig wârrt! – Un wat hē is, ehrn Mann, de Moon, nu kiek dėn ōlen Spitzbōōv an! Sō lang sien Ōōlsch noch op is, is hē ni tō hōren un tō sēhn. Over sōdro as|*sobald (wie)* sē man dėn letzten Fōōt in't Bett hett, dėnn is hē dor. Un wėnn hē de lütt' Marieken ōōk man wies wârrt|*bemerkt*, dėnn hē achter ehr an, op Schritt un Tritt; un wat mookt hē denn för en verlēēvt[M3] Gesicht! Na, dat schull[X62b] sien Ōōlsch man weten! Dat is en grōten Halunk|Coujōōn! – Ik will dat ni[X20] utklöönt|ausgeplaudert hebben, over jüm|ji|ju[X01] wârrt dat je ni wiederseggen: Steiht hē ni mennigmool bi de bitterlichste Küll|Kälte, datt em de Tähn in' Kopp klappert un de Nöös bruun un blau früst|friert, achter Marieken ehr Sloopkomer, de lēve lange Nacht hendör, un kickt ehr in de Ruten|Fensterscheiben? – Bet över Nöös un Ōhren hett hē sik in dat Krötendings vun Dēērn|in das kleine Mädchen verkeken|verliebt! – Over (MäJ1b.058) Kinners, verroodt|verratet mi ni; denn wenn sien Ōōlsch dat tō weten kriǧǧt, denn is de Düvel lōōs, un hē kunn|könnte mi dor op anfoten|zur Rechenschaft ziehen. – In' Gōden[X50] is hē en gōden[X50] Mann un is mit em uttōkomen. Over in' Dullen|bei schlechter Laune, denn is hē en lēgen Ēēn|ein Schlimmer, denn plooǧt hē di mit Riemelsch |Gereimtem un Moonschien op'n Kopp. Un wârrt hē splitterndull |wütend, denn hest du de Moonsucht|das Schlafwandeln un dat Moonschienfēver an' Hâls! Nä, nä, um âllns in de Welt, verroodt mi ni! Denn wenn hē mi dorop ansnackt, wat schâll ik em antwōren? Hē worr|würde mi je gliek rein osig|übel komen un seggen: ›Na, ōlen Klöönbüdel|Schwätzer, is dien Muul al wedder[X41a] ni woterdicht ween? Wat hest' al wedder klöönt? Heff ik di ēēn ēēnzigst[M3] Mool verroodt|verraten? Ōder mēēnst', ik heff di ni sēhn (dor un dor un dor?), du wēētst wull noch, dor bi't Iebenschuur[X76]? Den Dunner ōōk|Donnerwetter, wo[X30] gung di de Tung|Licker un wo slickst|schlecktest du den Hünnig ut!‹ – Un denn muss|müsste ik je as sōōn ârmen Sünner vör em stohn un seggen: ›Hōōl doch man blōōts dien verdreiht[M3]|verfluchtes Muul! Ik will ōōk âll mien Dooǧ ni wedder|niemals wieder ut de Schōōl snacken. Mienthâlben lōōp sō dull un sō veel achter de lütt' Marieken her, as du man wullt, un kiek ehr an! Verdenken kann ik di dat ni! Dat dōōt mēhr Lüüd.‹ – Un wohr is't: Wō sē man geiht un steiht, dor kiekt süm|se^{X04} ehr no. Un dē ehr vörbigeiht|*begegnet*, mutt stillstohn un sik umkieken no de lütt' Marieken, dėnn wō^{X31} hett sē ehrsglieken! *(MäJ1b.059)*

›Dat is Toter-Marieken‹, seǧǧt dėnn wull de ēēn un de anner, dē ehr kėnnt, ohn sik wat Bȫs' dorbi tō dėnken, blōōts vun't Wunnern! Un de annern seǧǧt|*sagen* blōōts: ›Dat is unsen Persetter* sien Dochter‹. Un âll mȫȫǧt|*mögen* süm|se^{X04} ehr lieden. Un Grēten ehr beiden Dēērns, de Trina un Lēna, nu ōōk je al grōte Dēērns un still un schu un ârbeitsoom un smuck, dē hōōlt|*halten* sō veel vun ehr, as wėnn't süm|ehr^{X06} rechte|*richtige* Süster wēēr; besunners de lütt' Trina, Appel-Medder ehr lütt' Vadderkind^{X15}|*Patenkind*. Un wat Appel-Medder sülben is, dē mutt je hēēmli tōgėben: ›De Marieken is doch ėn fixe Dēērn un sō smuck as ėn Prinzess‹; man sē seǧǧt dat jo ni^{X20} luut un lett sik nix mârken un ankomen|*2x anmerken*. Un wat ehrn Mann is, Hans-Hinnerk, dē kann de ōl' lütt' Marieken ōōk ni nōōǧ|*genug* ankieken un ehr in' Stillen bewunnern. Un wat dē süm|ehrn^{X06} Kloos vun Marieken seǧǧt, dat kann ik ni mool sėggen, dėnn dē is wat still un seǧǧt je ni veel.

Over de Kloos is ėn Bėngel|grōten Jung worrn, still un verstännig un nett. Un sien ōl' Mudder^{X12} kann stolt op ėm ween, un ik will ōōk weten, datt sē dat is! Un wėnn hē noch mool de Ōōlsch^{X16} ehr lütt' Vadderkind kriǧǧt, de Grēten ehr Trina, sō hett de Dēērn, *weiß Gott,* ni in' Unglücksputt grepen. Nu, dē Dēērn hett ōōk sōōn Mann verdēēnt un dat is ehr wull tō günnen.

Un ik glȫȫv nu meist sülben, datt hē de Dēērn noch mool kriǧǧt. Dat duurt vėllicht ni lang, *(MäJ1b.060)* sō hebbt wi ėn grōte Köst|Hochzeit(sfeier). Worum ik dat glȫȫv? Dat will ik jüm|ju^{X02} sėggen. Ēērstmool kummt Appel-Medder nu veel mēhr mit ehr Grēten-Süster tōhōōp as sunst: Dėnn besöcht sē mit ehrn Hans-Hinnerk un Kloos mool de Grēten. Kloos is dėnn Kutscher un hett de beiden besten fiefjöhrigen Blessen|*Pferde mit weißem Stirnfleck* vör, ėn Poor Stootskracken|*Prachtrösser* vun Passpeer|*zueinander passender Pferde*, wō hē meist sien Speel mit hett|*womit er fast spielt*. Un dėnn mööt|*müssen* Juchen un Grēten mit süm|ehr[X06] Rēēğ vun lēven[X59] Kinner ōōk süm|ehr Appel-Medder mool wedder[X41a] besōken. Wėnn süm|ehr lēven[X59] Gören ōōk ni[X20] jēēdēēn Mool âll mitköönt, sō doch wiss lütt' Trina. „Man", hett Appel-Medder mool tō Grēten seğğt, „mien lütt' Vadderkind[X15] lettst du mi ni tō Huus, dat seğğ ik di!"

Un dėnn, warum ik dat noch mēhr glōōv un ēērst recht, dat will ik jüm|ju[X02] ōōk sėggen. Loot dor man ėn grōte Köst ween; süm|se[X04] hebbt|*haben* man eben wat eten, de Dischen un Bänk sünd an de Siet sett, de Danzborrn|*Tanzboden* is affeeğt un de ōl' Voder[X11] Rosermann stimmt blōōts sien Vigelien un Hinzelmann dėn Brummbass, dėnn stött Appel-Medder ehrn Kloos al mit dėn Ellbogen in de Siet, un seğğt: „Datt[X24] du mi jo de Trina ut'n Disch danzt|*mit T. den ersten Tanz machst*!" Mėnnig Köst hebbt süm|se al mitmookt, un mėnnigmool hett hē de Trina ōōk al ›ut'n Disch danzt‹; un dat is sō, as wėnn de beiden sik al hebbt. De Lüüd is dat ōōk sō gōōt[X50] *(MäJ1b.061)* as wiss|*seker*, un dē will, kann sik al driest ėn Poor Danzschōh anmeten loten tō süm|ehr[X06] Hochtiet.

Un dėnn heff ik man|*aber* hōōrt, sō ut dėn twēten Mund|*so um 2 Ecken*, datt de Ōōlsch, ik mēēn Appel-Medder, datt dē sik al verluden loten hett, ehr worr dat Regēren un Rumwēērtschoppen âllnogrood|*allmählich* al wat suur. Dor muss|*müsste* nu sachs bâld ėn annern op'n Posten un ehr ōlen Knoken mool aflösen. Sē hârr|*hätte* ehr Dēēl nodissen|*allmählich* ēhrli un orntli doon. Over wō sē sik uthook|*aushakte*, dor schull[X62b]|*sollte* ōōk ēēn wedder norücken|*vörsticken*, dē ehr dat nodä|*der ihr nacheiferte* un ehr no de Mütz wēēr. De Appelhoff schull in sien Wüürd|*Würde* blieben un dē ōōk behōlen. Un ehr Ōlendēēlshuus worr|*würde* je ōōk al buut[X55]|buudt, is Pingsten je al richt|*gerichtet* worrn un Bartelmēēs|*am Bartholomäus-Tag (24. Aug.)* schâll dat je al kloor|*fertig* ween.

Kiek, dorum glōōv ik dat stief un fast. Ik kann jüm|ju[X02] dat ōōk je gēērn wiederseggen, jüm|ji|ju[X01] wârrt mi je ni[X20] verroden: Sē hett dor mit ehrn Hans-Hinnerk al över snackt, wenn ōōk man an' Obend in't Bett. Un dē is dor vull mit inverstohn un hett sunst ōōk ni veel tō seggen; hē slöppt achter. Tō ehrn Hans-Hinnerk hett sē nöömli seǧǧt: ›De Trina mutt hē hebben; dē passt tō em. Un denn blifft ōōk uns Geld un Gōōt[X50] op'n Dutt un uns' Hoffsteed in de Fründschop|*Verwandtschaft*. Un de Dēērn is gōōt[X50]. Un wenn ik ehr denn blōōts noch no mien Kopp tōlēhrt|*angelernt* heff, denn is dor nix an tō verbetern!"

Un wat schâll ēēn dor grōōt vun snacken! Recht hett sē. Denn de Trina is en Dēērn, dē sik wuschen *(MäJ1b.062)* un kemmt hett|*tüchtig ist* un smuck is as en Buurrōōs|*Pingstrōōs*. Sē kann sik sēhn loten bi Daǧ un bi Nacht, dor fehlt nix an|*ist ohne Fehler*. Un wenn sē den Kloos lieden un verdregen|*ertragen* maǧ (un ik glōōv dat), un hē ehr, denn seǧǧ ik sülben: „Kloos, lang tō; dē Dēērn is't wēērt. Un pass op, datt sē di ni ut de Nöös geiht; denn dor sünd en Bârǧ Jungkeerls achter ehr ran, dē ehr mit Kusshand nehmt|*nehmen*." Un dorum schickt de Ōōlsch ehrn Jung ōōk meist alle Sünndooǧ, dē uns' Herrgott man geben deit, no Kârk. Denn mutt hē jümmer bi Grēten vörgohn|*reinschauen*, dor ōōk moolmit|*gelegentlich* en Nomeddaǧ blieben, wat hē denn ōōk deit. Blōōts hē kickt denn gewōhnli ōōk gēērn mool op en lütten Stōōt|*kurz* bi sien ōlen Persetter*-Ōhm[X13] in.

Wat de Kloos nu over denkt, dat kann ik, as ik al seǧǧt heff, ni verroden. Is mōōǧli, datt hē noch gor ni an't Friegen|*Heiraten* denkt. Denn wenn hē mit Trina tōhōōpkummt, denn is hē jümmer hēēl nett un orntli gēgen ehr, as sik dat höört un schickt; over dat is ōōk rein âllns. Un wėnn Trina ėm ōōk Kaffe inschėnkt, datt de Tass|dat Kümpen över- un överlöppt un de Ünnertass|-schöttel meist bet an' Rand vull is (sē mēēnt dat je gōōt[X50] mit ėm), un wėnn sē ėm dor ōōk ėn grōōt[M3] Stück brunen Kandis rinsmitt un ėm dor ōōk ėn grōōt[M3] un mächtig[M3|X90] Stück bunten Puffer|Süsterköken bileğğt (dat gröttst', wat dor man manğ is), sō dėnkt hē sik dor gor nix bi. Dėnn itt hē dėn Kōken op un drinkt dėn Kaffe ut, un dėnn is't ōōk wedder[X41a] rein âllns. – Sien ōl' Mudder[X12], wėnn *(MäJ1b.063)* dē dorbi is, dē hett de lütt' Trina dėnn bannig[X90] op'n Kieker un freut sik in' Stillen, datt ehr dat Hatt in' Lief lacht, un seğğt dėnn wull: „Grēten, sōōn grōōt[M3] Stück Kōken hebbt wi uns' Mannslüüd ni[X20] geben, as süm|se[X04] noch Jungkeerls wēren!" – Un ehrn ōl' Hans-Hinnerk smuustergrient|*schmunzelt* sō hēēl plietsch un seğğt: „Dat wēēt Gott! Dor weerst du jümmer bannig knickerig mit!" – Un dėnn lacht Appel-Medder un kickt ehrn Kloos an, wo[X30] de Bėngel sik sō rein in' Stillen hööğt un pleeğt, un seğğt dėnn: „Jung, du seğğst je gor nix!" Un wėnn Kloos dėnn liekers swiğğt un blōōts sien Gesicht ėn beten vertreckt, as wėnn hē lachen will over blōōts grient, dėnn wârrt sē op ehr Oort orri[X90] kabarietsch|*launisch* un seğğt: „Dat is recht sōōn ōl' Sloopmütz|*Drȫȫmkloos*!"

Un wėnn ēēn dėn Kloos dor recht niep un nau|*ganz genau* op ankickt, sō hett de Ōōlsch gor ni sō unrecht: Dėnn wat drȫmerig is de Kloos ōōk, is gor tō blȫȫd*|tȫrüchhȫlern|*bescheiden!!!* un still un schu. Man ni, wėnn hē tō Kârk geiht; dėnn snackt hē un is lustig un vergnȫȫğt. Wėnn hē over an' Obend wedder tō Huus geiht, sō in'e Schummern|*Dämmerung*, dėnn is hē hēēl anners, rein as hârr de Bėngel al wat tō gruveln. Un achter dėn Plōōğ un de Ei|Eğğ|Ēēğ|*Egge* is hē ōōk sō, in de Oorn|*Emte* ni anners. Wėnn de annern juucht|*jubeln* un singt|*singen*, dėnn lacht hē wull un vertreckt sien glatt^{M3} Gesicht. Over mitsingen deit hē ni, dat fâllt ėm gor ni^{X20} in. Un de Bėngel hett doch ėn gōde^{X50} Stimm. Dat is sunst hēēl un dēēl|*ganz und gar* ėn *(MäJ1b.064)* fixen Keerl. Un hē kann sik ōōk driest|*selbstbewusst* sēhn loten, un ni blōōts för|*wegen* sien grōten Hoff, man ōōk för sien glatt^{M3} un smuck^{M3} Gesicht un för sien Optreden. Hē bruukt blōōts de Hand uttōstrecken, sō hett hē an jēēdēēn Finger ėn lütt' nüüdlige Dēērn (dat wēēt ik): Op drēē Mielen Weğ in de Runn is vėllicht kēēn stootschern|*stattlicherer* Bėngel as hē. Wō dat vun kummt, datt hē sō drömerig is, dat kann ik ōōk ni sėggen. Ik wēēt blōōts, datt hē frȫher ni sō ween is. Vun Ōōstern an, in't verleden|*im vergangenen* Johr, is hē ēērst sō worrn. Dat wēēt ik sō niep un nau, dorum datt^{X25} de lütt' Marieken dō jüst insegent worrn is. Mȫȫğli is dat je, datt de Johren dat sō mit sik bringt, dėnn hē wârrt nu al vēēruntwintig. Ōder watt^{X26} dat dorvun kummt, datt hē sō veel no Kârk geiht? As ik al seğğt heff, ik wēēt dat ni, un dat gifft|*legt* sik je ōōk vėllicht, wėnn hē man ēērst ėn Fru hett. Tōminnst mēēnt sien ōl' Mudder^{X12} dat, un sē mookt je ōōk al Anstâlten, datt hē sien Trina kriegen kann. Un sē wârrt ėm dat nu ōōk je wull bâld sülben sėggen.

Nu mutt dat sō komen, dat is jüst in de hille|*hastigen* Tiet, in de Oorn|*Ernte*, datt süm|ehr^{X05} ēēn vun de beiden Blessen krank wârrt, dortō noch de best'. Kloos seğğt tō sien Mudder, datt hē wull no Düvelsbrōōk hėnmutt, no'n Peerdokter|*Kuursmitt**. „Dat dō man, mien Jung", seğğt sē, „un bides|*während*, datt de Peerdokter di wat för dėn Blessen tōrechtrȫhrt, goh mool sō lang bi Grēten-Medder^{X14}|Grēten-Mȫhm *(MäJ1b.065)* vör un kiek mool, wosück^{X30} dat dor steiht un wo^{X30} wiet süm|se^{X04} al mit de Oorn sünd." – Kloos smitt sik dėnn in Wichs|*Schale* un mookt sik op'n Stieğ un besorğt dat, un geiht ōōk bi Grēten-Medder vör. Un as hē sien Kroom vun' Peerdokter hoolt hett, kickt hē ōōk noch mool bi Persetter*-Ōhm in, un dē is mit sien ōl' Marieken allēēn tō Huus. Dėnn de lütt' Marieken is mit in de Oorn, op Persetter sien Holtkamp|Holtkrōōǧ|*Feld am Gehölz*, wō hē sien Roǧǧ|Roggen meihen lett; sien Dochter mutt mit binnen un no'n Rechten kieken.

Dat is nomėddooǧs, sō hėn no Klock süss, as Kloos sik wedder[X41a] op'n Stieǧ moken un no Huus will.

„Ik goh noch ėn Ėnn|›Flagg‹ mit di lang", seǧǧt de ōl' Persetter, „du muttst je bi mien Holtkamp vörbi, wō ik mien Roggen meihen loot. Ik will doch mool kieken, wo[X30] wiet as süm|se[X04] sünd." De ōl' Persetter treckt sik alsō sien Steveln an un stickt sien manschestern Knēēbüx dor rin (dē mit de sülvern Spangen an de Siet) un stickt sik ėn Piep Tobak an. Dėnn nimmt hē sien Handstock (vun Fuulbōōm|Hexendōōrn), sett sik ėn Hōōt op, un de beiden goht|*gehen* af. „Muttst over man ni[X20] sō lōpen, mien Jung", seǧǧt Persetter, „mien ōlen Bēēn wüllt[X63]|wööt|*wollen* ni mēhr sō as de Kopp." Un süm|se lōōpt|*gehen* un koomt|*kommen* dėnn ōōk hėn.

As süm|se op'n Holtkamp in't Hecklock|*Zufahrt* goht|*gehen*, klingt|*klingen* mitmool|*plötzlich* âll de Lēēn*|Sichen *i. d. Marsch*|*Sensen*, dē dor sünd, dėnn bi dat Strieken|*Schärfen*|*Wetzen* köönt|*können* de Meihers|Hauers *i. d. Marsch* beter kieken, 'kēēn[X33] dor kummt. *(MäJ1b.066)* Ōder süm|se dōōt|*tun* dėn ōlen Persetter dat tō Ēhren. Süm|Se wēēt|*wissen* je, datt hē ėn Hâlfplanksbuddel|¼-*l*-*Flasche* mit dubbelden Kööm|*Doppelkom* achter in de Rocktasch hett, wō de Proppen twēēmool umdreiht is. Un de Binners|*Binder* (un ōōk de lütt' Marieken) köönt|*können* sik nu sō lang verpuusten un ōōk mit kieken.

Dat deit förwohr over ōōk nōdig, dėnn süm|ehr[X06] Gesichten sünd süm|ehr[X05] al hēēl glōhnig; dat gellt besunners för lütt' Marieken ehr Gesicht, wat vun Natuur al wat bruun is. Kiek, de lütt' Dēērn hööǧt sik orri[X90], as ehrn ōlen Voder[X11] ankummt!

Wo sē vergnööḡt utsüht un wo sööt un kindli de Ėngelsdēērn lacht! Nä, wat ėn Gesicht! Hōōr dėn Bōōkfink dor boben in' Ēēkbōōm! Sōgor de drōmerige Kloos mutt ehr ankieken un hööört knapp, datt sien ōl' Persetter*-Ōhm ėm frooḡt: „Na, wo^{X30} veel Tünn|Tonnen (zu ca. 50 Pfund) wârr ik wull döschen|dreschen? Süsstig Hocken|Stieǧ heff ik tellt. – Na, Jung, wat mēēnst'?“, mutt hē noch ēērst nofrogen, „du büst je ėn Buur un muttst dat je weten.“ – „Ėn Schēpel (zu ca. 50 Pfund) wârrt de Hock wull dōōn|bringen“, seǧǧt Kloos, „vėllicht noch ėn beten mēhr. Wi hebbt al ėn Fōhr|Fuder ut de Sünn döscht, un hē lōhnt gōōt^{X50}|ist recht ergiebig.“

Bides|Während de beiden sō snackt|reden, kriǧǧt de ōl' Persetter sien Köömbuddel ut de Tasch, treckt dėn Proppen af, nippt mool eben an un gifft Kloos ėm hėn, man dē seǧǧt: „Ōhm^{X13}, ik drink gor kēēn Kööm!“ Dō gifft de Ōl' dėn Buddel an dėn vörsten|ersten Meiher|Hauer i. d. Marsch un seǧǧt: „Prōōst!“ – „Prōōst!“, seǧǧt dē un (MäJ1b.067) gifft Persetter de Hand. – Man wat dissen Meiher|Hauer sien Binnersch^{X16}|Binderin is, dėn Meiher sien Fru, noch ėn jung^{M3} Wief, dē bückt sik achter lütt' Marieken ehr Ōhr un seǧǧt: „Marieken, snöör|schnüre dėn Jungkeerl mool!“ Un sē mēēnt dėn Kloos. – Lütt' Marieken kriǧǧt dat nu mitmool sō hild|eilig, sē nimmt sik ėn lütt' Handvull Roggenhâlms, geiht vun achtern hēēl liesen an Kloos ran un dreiht ėm dat Sēēl|Strohseil fast um sien rechtern Ârm, ēhr hē sik dorvör wohren|retten kann. – Hē steiht dor je jüst mit sien Ōhm un reekt ut, wo veel Hocken wull noch op'n Hâlm stoht. „Dēērn!“, seǧǧt Kloos, as hē dor um wies wârrt, un is rein verblixt|überrascht un verboost|verblüfft un kickt ehr an. – Un Marieken kickt ėm wedder^{X41a} an un lacht ėm sō apârtig|schelmisch tō mit ehr lütten swatten Kiekers, sō … (jo, dat seǧǧ mool sō!), datt dat dėn Kloos dör un dör geiht un ėm âll dat Blōōt tō Kopp stiǧǧt. – Un ehr lütten schönen witten

Aussprachehilfen für ō, ē, Ō̄, â, ė, b̧, ǧ, ğ, ǧ: siehe Seite 5 UND Buchdeckel!

Tähn manġ de rōden Lippen sünd hell tō sēhn. – Un de Graudrōōssel|*Singdrossel* in't Holt singt sō nüüdli: „Süh-s-üh! Süh-s-üh! Nu s-üh mool an!" „Mârkst' wat? Mârkst' wat?", seġġt de Kreih. „Nu kiek dėn lütten Rakr-rakr-rakr-rakr-rakr-rakr-rakr-rakr-rakr-rakr mool an!", fâllt nu mitmool de Swattdrōōssel in, datt ēēn sik orri[X90] verfēērt|*erschrickt*. Un Hoddboor-Langbēēn|*Adebar*, dē op de anner Siet in de Wisch|*Wiese* geiht (mit sien rōden Woterstevėln an), dē wârrt luukōhrig|*hellhörig* un mookt dėn Hâls sō lang, as wėnn dor Wunner wat lōōs is, un 'kēēn[X33] wēēt dat? Op wisse|*gewissen* Rebēden|*Flachs*|*Gebieten* is hē bannig[X90] plietsch|*snutig*|*clever*. (MäJ1b.068)

Is gōōt[X50], datt de lütten Vogeln an't Wōōrt sünd, dėnn Kloos wēēt nix tō sėggen. Ōōk gōōt[X50], datt de Spitzbōōv vun Moon dat ni süht, dėnn de Sook kunn gefährli wârrn. Over Persetter* süht dat, un dē Slēēf|*Schlingel* grient as ēēn vun de Botterlickers|*Schmetterling*, dē dor bi süm|ehr[X05] rumflēēġt, un seġġt tō Kloos: „Kiek, mien Jung, nu sēh[X58] tō, wo[X30] du wedder[X41a] lōōskummst, ōder lang in de Tasch|*zahle*." – „Dēērn", seġġt Kloos, „ik kann di doch kēēn Drinkgeld geben?" – „Dėnn mookt sė di ōōk ni wedder lōōs", seġġt de Ōl', „un du muttst ehr Sēēl|*Seil* wull mitnehmen." – „Dat is ni anners|*Sō ist dat*", seġġt Marieken, sleit dor ėn Knütten in un lett ėm stohn. Un Kloos lett dėn ōōk ruhig[X52] sitten, dat is nu mool sō Mōōd. Un de Meihers|*Hauers* un Binners lacht, un Kloos lacht sülben mit un drōht[X53] de Marieken un seġġt: „Tōōv, ik krieġ di wull noch mool!"

Nōōssen seġġt Kloos dėnn ›Tschüüs‹, ōōk tō Marieken. Un hē gifft ehr de Hand un drückt ehr Hand sō hēēl lies'|*so andeutungsweise*, ohn datt hē dat will. Dėnn worum wârrt de lütt' Marieken jüst nu sō rōōt? Un hē geiht dėnn af, mit ehr Sēēl um' Ârm. Over as hē man ēērst allēēn is op'n Fōōtstieġ, dē dör't Holt|*Gehölz* geiht, dō mookt hē dat Sēēl lōōs. Un as ėm dor sōōn blaue Roggenblōōm|Kōōrnblōōm ruutfâllt, sammelt hē dē op un stickt sik Marieken ehr Sēēl un Blōōm ėn beten dēper weğ, ünner de West, in' Bossen|*an die Brust*, datt sien ōl' Mudder dor ni[X20] achterkummt|*es nicht bemerkt* un süm|se[X04] ėm dėnn för ėn Nârren hebbt, datt hē ansnōōrt worrn is. *(MäJ1b.069)*

As hē nu tō Huus kummt, gifft hē vun âllns Beschēēd, gifft ōōk sien Blessen wat|*Medizin* in un lett ėm ėn Stunns Tiet rieden, as de Peerdokter ėm seğğt hett. Un nōōssen, an' Obend, as hē tō Bett will, dō nimmt hē sien Sēēl un Blōōm un verwohrt sik dat ünner in sien ēken Kuffer|*Truhe* mit dėn blanken mischen Beslağ|*Messingbeschlag*, datt kēēn Minsch dat finnen kann. Wat hē dor over mit will, dat wēēt ik ni; hē sülben wârrt dat je wull weten.

Nu treckt hē sik ut un geiht tō Bett. Hier lett hē sik dat âllns noch mool wedder[X41a] dör'n Kopp gohn, wat hē op Persetter*-Öhm sien Holtkamp beleevt hett. Un ēērst kann hē gor ni inslopen. Hē ârgert sik je wull noch, datt de lütte Krööt ėm sō anfōhrt hett. Tōletzt slöppt hē over doch in, liğğt blōōts wat unruhig[X52], as wėnn hē drōōmt. Wėnn sien ōl' Mudder dat sēhğ[X58]|*sähe*, sä|*sagte* sē wiss: „Öle Drōōmkloos, ni mool nachtens kann hē dat Drōmen loten!" – Nu, loot wi ėm dėnn slopen un drōmen. Hē schâll morgen frōh doch tiedig wedder in de Bēēn.

Kapitel 5

(MäJ1b.070 – Kiek ōōk MäJ1a.068!)

As de Oorn nu nöössen doon un de Blessen ōōk wedder[X41a] sund[X38] is, dat is op ėn Sünndağmorgen, dō seğğt Appel-Medder tō ehrn Söhn: „Kloos, spann mool de beiden Blessen vör dėn Stöhlwooğ|*Kutschwagen*: Voder[X11] un ik wüllt[X63]|*wööt*|*wollen* tō Kârk, un du kannst vundooğ|*heute* tō Huus blieben." – Dat passt dėn Kloos gor ni[X20] sō recht, as dat schient. Dėnn as hē de Blessen in' Stâll opschirrt|*den Blessen das Geschirr auflegt*, geiht hē wat knasch un basch un unnasch|*3x unwirsch* mit de Kracken um, wat sunst sien Wies gor ni is. Un as de ēēn sik ni gliek umdreiht, as hē ›Rum!‹ seğğt, sleit hē dėn Blessen recht fōōrsch mit de flacke Hand an dėn Schinken un seğğt: „Dat hett doch wat tō bedüden! Worum schâll ik ni mit?" – Un dat hett ōōk wat tō bedüden.

Appel-Medder un Hans-Hinnerk wüllt|*wööt* twoors tō Kârk, wüllt over an' Nomėddağ bi Grēten blieben. Dėnn tō de Grōōtdēērn seğğt sē, as süm|*se*[X04] weğwüllt[X63]|*weğwööt*|*wegwollen*: „Mit dat Eten bruukt jüm|*ji*|*ju*[X01] ni op uns tō luren|*töben*. Wi bliebt vunnomėddağ|*heute Nachmittag* dor. Un pass|*passe* mi man gōōt[X50] op un kiek|*sieh* mi af un an no de ōl' grōte Sööğ, ehr Tiet is um|*sie wird ferkeln*, hōōrst *(MäJ1b.071)* du? Un vergeet|*vergiss* ōōk de Kâlver ni! Un wėnn de Knoken- un Plünnenkeerl|*Lumpensammler* komen schull, dėnn seğğ ėm, ik wēēr|*wäre* ni tō Huus, hē muss|*müsse* ėn anner[M3] Mool wedderkomen[X41a]. Un loot mi ōōk kēēn Schappen|*Schränke* un Schufen|*Schiebladen* open stohn un kēēn Lepels buten liggen, dat seğğ ik di! Na, tschüüs dėnn! Un dat lütte Kâlf kriğğt je ėn hâlve Kann mēhr, dat wēētst du je. Tschüüs Kloos, un du sühst mi no'n Rechten; dėnn ēēn mutt tō Huus blieben."

Nu sitt süm|se[X04] dėnn op'n Wooğ, un de ōlen wehligen Kracken|*Gäule* vun Blessen wüllt[X63]|*wööt*|*wollen* ōōk al ni[X20] länger mēhr stohn. De ēēn schârrt al mit de Fōōt, un de anner spielt al mit de Ōhren|*richtet auf*. Un as Hans-Hinnerk nu man seğğt: „Sō dėnn, *in Gottes Namen!*" un Kloos süm|ehr[X05] lōōslett, dō[X23] danzt süm|se ōōk gliek mit de beiden Ōlen af, as mit ėn Poor Poppen. Un Appel-Medder seğğt tō Hans-Hinnerk: „De Pietsch leğğ|*lege* man achter in' Wooğ un hōōl|*halte* süm|ehr[X05] man orri[X90] wiss|*fest*." – Nōdig deit dat, over süm|se koomt doch glückli hėn.

Süm|Se fohrt|*fahren* bi Grēten vör, un de Peer koomt|*kommen* dor in' Stâll. Nōōssen goht|*gehen* süm|se tōhōpen no Kârk, un as dē ut is, eet|*essen* süm|se wat: Hōhnersupp mit Krintenklüten|*Korinthenklößen* un Flēēschbâllen|›*Balkenklütjen*‹ in. Un as süm|se wat eten hebbt|*haben*, seğğt Appel-Medder liesen tō Grēten: „Dėn Kaffe loot uns nōōssen|*nachher* allēēn drinken, wi hebbt wat Wichtiğs mit jüm|ju[X02] aftōmoken." Un as süm|se nu noher Kaffe drinkt|*trinken*, seğğt Appel-Medder tō Grēten un ehrn Mann: „Wi (MäJ1b.072) wullen|*wollten* ėgentli mool ėn ēērnsthaft[M3] Wōōrt mit jüm|ju snacken. Datt Hans-Hinnerk un ik sik[X07]|*uns* op'n Aftoğ|*Abgang* rüst|*rüsten*, dat wēēt jüm|ji|ju[X01] je al, uns' Ōlendēēlshuus is je al kloor. Nu mutt Kloos je blōōts noch ėn Fru hėbben, un wi dachen|*dachten* nu sō: De Trina, dat wēēr|*wäre* sō ēēn för ėm. Wat mēēnt jüm|ji|ju dortō?" – „Jo", seğğt Grēten, „wi hebbt dor nix gēgen. Wėnn de beiden sik lieden un verdregen mōōğt|*mögen*, dėnn in Gott sien Noom. Is Kloos dor ōōk mit inverstohn?" – „Ėm hebbt|*haben* wi dor noch nix vun seğğt", seğğt Appel-Medder. Over dat versteiht sik je vun sülbėn, de Jung muss|*müsste* je mit ėn Dummbüdel kloppt ween! Un liekut|*geradeheraus* seğğt: Ėn anner will ik pattu|*partout* un afsluuts ni op mien Hoffsteed weten! Wėnn hē ni wull|*wollte* …, hē schull wull|*sollte wohl*, ōder hē krēēğ|*bekäme* de Steed ni,

Aussprachehilfen für ō, ē, ō̄, â, ė, b̆, ğ, ğ, ğ: siehe Seite 5 UND Buchdeckel!

sō lang mien Ōgen open stoht|*stehen*!" – „Dat is doch wull beter, wènn jüm|ji|ju[X01] èm dor ēērst no froogt", segğt Grēten ehrn Juchen; hē schâll je man mit ehr leben. Un wènn hē dènn will, sō, as al segğt, in Gott s' Noom, dènn Trina wârrt ni[X20] ›nä‹ sèggen". – „Rōōpt mi de Trina mool rin", segğt Appel-Medder, „wi wüllt[X83]|wööt|*wollen* ehr dat mool vörstellen."

Un Trina kummt. „Trina, mien Vadderkind[X15]", segğt Appel-Medder, „Kind, hârrst|*hättest* du wull Lust, mien Dochter tō wârrn?" – Lütt' Trina wârrt hēēl rōōt un krigğt sik ehr Schörteneck foot, dreiht sik dē um dèn Finger un segğt: „Wo[X30] mēēnt Medder[X14]|Möhm *(MäJ1b.073)* dat?" – „Ik mēēn", segğt Appel-Medder, „watt[X26] du wull Lust hârrst, Kloos sien Fru tō wârrn un mi aftōlösen. Dènn süh, Kind, ik wârr âllnogrood|*langsam* tō ōōlt." – Trina dreiht noch jümmer mit ehr Schört un kickt ehr Mudder an un ehrn Voder, un Hans-Hinnerk-Ōhm[X13] un Appel-Medder. Un ehr Backen sünd ehr hēēl glöhnig un sē segğt nix. „Na, Kind, wat segğst' dor dènn tō?", segğt Appel-Medder. – „Wènn Voder un Mudder dat ōōk mēēnt|*meinen*, un Ōhm un Medder dat wüllt|wööt, un Kloos mi hèbben will", segğt sē un kickt sō lang an de Siet, „dènn will ik dat ōōk." – „Schōōn, mien Dochter", segğt Appel-Medder, „dènn büst du dat al sō gōōt[X50] as wiss|*wie sicher*. Un ik will di èn gōde[X50] Mudder ween. Over segğ dor noch nix vun."

Un Trina geiht wedder[X41a] ruut. Un de Ōlen mookt|*machen* dat gliek af, wo dat wârrn un wat Trina för èn Utstüür hèbben schâll: „Vun âllns|(Lokens, Handdōker, Hèmden, ...) achtteihn|1½ Dutz |›All Dohns achtein‹". Man Appel-Medder segğt noch: „Kinners, sō veel deit ni nödig, mookt sik|ju[X08] ni ârm! Jüm|Ji|Ju hebbt noch mēhr lēve Kinner, un wat dat ēēn recht is, dat is dat anner billig, un Kloos hett je âllns in' Vullen." – „Jo", segğt Juchen wedder, „dat mutt ik mi over utbedingen, datt Kloos ehr ōōk gēērn hèbben will un jüm|ji|ju èm dor ni tō dwingt. Dènn dat

deit mènnigmool ni[X20] gōōt[X50]." – „Och, Fiselfosel!", seǧǧt
Appel-Medder, „de Jung wârrt je ni unklōōk ween! Dat hett nix
tō bedüden! Dor loot du mi man för sorgen." – *(MäJ1b.074)*
„Beter is beter", seǧǧt Juchen, „mēēn ik man." – „Och", seǧǧt
Appel-Medder, „dat maǧ ik gor ni hōren, dat kann gor ni
anners wârrn. Un dènn schâll Kloos sō bâld as mōōǧli tō Peer
(op sien Blessen) herkomen un sik sülben dat Jo-Wōōrt
holen." – Sō snackt|*reden* de Ōlen dènn noch wieder un
krieǧt|*bekommen* dat bet gēgen Obend ōōk âllns sō wiet klipp un
kloor. Un orri[X90] vör de Schummern fohrt|*fahren* süm|se[X04]
wedder[X41a] af, för|*wegen* de ōlen willen Kracken|*Gäulen* vun Peer,
dorum datt[X25] dē gor tō unklōōk|*unruhig* sünd un in' Düüstern
ēērst recht ni tō truen. Sünd süm|se ni al mool vör de
Möhlenrōden|*Mühlenflügeln* bang worrn un mit dèn Möhlenwooǧ
dörgohn, wō[X31] süm|ehrn[X06] ōlen Daǧlöhner un Kotenmann
Juchen Knack bi ünner de Rööd komen|*rödert worrn* is?

Süm|se koomt|*kommen* over glückli wedder tō Huus un
frooǧt|*fragen* no âllns, un âllns hett sien Schick. Un sunst
loot|*lassen* de Ōlen sik nix mârken, sünd man beid' wat still. Un
Kloos seǧǧt ōōk nix un drōōmt.

Bilüttens is dat dènn Bettgohnstiet. Dènn mit de Hōhner tō
Wiem|*Sitzgestänge* un mit dèn Hohn wedder op, sō is hier de
Dooǧsornen|*Tagesordnung*.

Dèn annern|*nächsten* Sünndaǧ, as Kloos wedder tō Kârk will,
seǧǧt sien Mudder: „Mien Sōhn, vundooǧ|*heute* kunnst|*könntest*
du man tō Huus blieben|*›inblieben‹*, Voder un ik hebbt|*haben* noch
wat Wichtiǧs mit di aftōsnacken." – „Hett dat ni Tiet, bet ik
wedderkoom[X41a]?", seǧǧt Kloos. „Verleden|*Letzten* Sünndaǧ bün
ik ōōk je ni hèn ween." – „Nä", seǧǧt de *(MäJ1b.075)* Ōōlsch, „dat
geiht ni; Voder kummt gliek rin, un dat lett sik ni länger
opschuben." – Bides|*Derweil* kummt de Ōl' in de Döör. „Mook
de Döör fast achter di tō", seǧǧt de Ōōlsch tō Hans-Hinnerk,

„ik heff Kloos dat eben al seğğt, datt wi wat Wichtiğs mit ėm aftōsnacken hebbt." – „Wat is dat dėnn?", seğğt Kloos. – „Hō̄r mool, mien Jung", seğğt sien Mudder, „sett di dool." Un hē sett sik dėnn dool, un de Ōl' sitt al un smōōkt för vull sien Piep. „Wi wullen|*wollten* di man sėggen", seğğt sē wedder[41a], „datt du di nogrood|no dissen|*langsam* no ėn Fru umsēhn muttst. Wi beiden, Voder un ik, wi wârrt al tō ōōlt un muchen|*möchten* sik|uns[07] nu gēērn tō Rōh[52] setten. Hest' al wat op't Spōōr|*in der Witterung*? – Snack di rein ut." Un Kloos wârrt bannig[90] benaut|*mutlos* um't Hatt un hē seğğt sō rein slurig|*matt* un liesen: „Jo." – „Wi dėnkt an Medder[14] ehr Trina", seğğt de Ōōlsch un kickt ėm hēēl prick un stief|*direkt & scharf* in de Ōgen. – „Nä", seğğt hē un sleit de Ōgen dool. – „Wat seğğst du?", seğğt sē, „du hest alsō ėn anner?" – „Jo", seğğt hē. – „Nu much|*möchte* ik dėnn doch blōōts weten, 'kēēn[33] dat is!", seğğt sē un hoolt dēēp|>hoch< Luft. Kloos swiğğt still. „Jung, wullt du dor mit ruut!", seğğt sē un springt op, as wėnn sē op Netteln|*Brennnesseln* seten hett. „Un dor hest du uns Ōlen kēēn Wōōrt vun seğğt! Wat is dat för ēēn? Snack!" – „Persetter*-Ōhm sien Marieken", seğğt Kloos wedder hēēl benaut. – „Wat?", seğğt de Ōōlsch un sett sik de Hannen in de Siet, „dat Pracher- un Toterkind*|*Bettler- & Zigeunerkind*?" – „Jo", seğğt (MäJ1b.076) Kloos. – „Jung", seğğt sē, „plooğt di wat|*geht's dir nicht gut*? Du büst je wull op'n Puckel ni[20] klōōk|*bekloppt*!" – „Anners|Sunst will ik kēēn hėbben", seğğt Kloos, „un wėnn ik dē ni kriegen kann, will ik gor kēēn." – „Jung!", seğğt sē, „Voder, nu hōōr doch mool! Sōōn Prachergöör schull hier op disse Steed, wō ik sō lange Johren op wēērtschoppt heff? Nä, nä, mien Söhn, dat is ni dien Ēērnst!" – „Mudder", seğğt hē, „dat is mien vullkomen Ēērnst; dē Dēērn mağ ik lieden un de Dēērn is gōōt[50]." – „Dor will ik nix vun sėggen", seğğt de Ōōlsch, „over Voder, is't wohr?" – „Dat mutt dat wull", seğğt Hans-Hinnerk, „hē seğğt dat je sülben." – „Un du seğğst dor gor nix tō?", seğğt sē. –

„Wat schåll ik dor veel tō sėggen", seğğt Hans-Hinnerk, „dat mook du man sülben mit ėm af." – „Na, dėnn hōōr mool, Kloos", seğğt sē, „dėnn will ik di kott un bünnig wat sėggen: Dat slooğ|sloo[X60] di man ut'n Kopp, dor wårrt åll mien Dooğ nix|niemals etwas ut! Dėn Schimp will ik ni[X20] beleben|erleben! An't Ėnn nōōmt|nennen süm|se[X04] unsen Hoff noch dėn Toterhoff*! Nä, nä, mien Jung, sō lang as mien Ōgen noch open stoht|stehen, schåll dor nix ut wårrn." – „Gōōt[X50]", seğğt Kloos, „dėnn mutt ik sō lang tōben." – „Schoom di wat", seğğt de Ōōlsch mitmool un de Tronen lōōpt|laufen ehr över de Backen, „du gottlōse Slüngel, du! Du luurst|lauerst dėnn je wull al åll de Dooğ|ständig op de Tiet un Stunn, wō süm|se mi dōōt ut' Huus dreeğt|tragen? Dat hett ēēn vun sien Kinner! Ēēn sloovt|schuftet un årbeidt un schroopt (MäJ1b.077) tōhōōp|kratzt zusammen un mēēnt dat gōōt[X50], un dat is dėnn de Dank, Herr du mein Gott! ›Dėnn mutt ik sō lang tōben!‹ Hett ēēn sō wat al hōōrt un an sien ēgen Kinner beleevt?" – „Mudder", seğğt Kloos, un ėm is rein snooksch|seltsam un wēēk um't Hart un de Tronen stoht|stehen ėm in de Ōgen, „Mudder, Sē schåll mi recht verstohn. Gott schåll mi bewohren, datt ik op Ehrn Dōōt luur. Ik wēēt wull, wat Sē för mi doon un an mi verdēēnt hett un datt Sē wat vun mi höllt." – „Dat wēēt de lēve Gott!", seğğt de Ōōlsch[X16] un wischt sik de Ōgen ut. – „Dorum mēēn ik man", seğğt Kloos, „kunn Sē mi ōōk wull dėn Willen loten, datt ik de Marieken krieğ. Dėnn ohn ehr kann ik doch ni glückli wårrn." – „Nä, åll sien Dooğ ni|niemals!", seğğt de Ōōlsch. „Dor wårrt nix ut! De Dēērn mağ ni lēēğ|schlecht ween, dor will ik nix vun sėggen. Over sē is ėn Pracher- un ėn Toterkind! Un dėnn de årm' Trina-Dēērn. Nä, nä, Jung, dat geiht un geiht ni, un dat slooğ|sloo[X60] di ut'n Sinn, ōder du bringst mi ünner de Ēēr." – Kloos sitt hēēl still un seğğt kēēn Wōōrt, sien Ōl' ōōk, un ėm is de Piep utgohn un hē hett sien Hannen fōōlt. – „Hinnerk, hölp mi doch!", seğğt sē. „Du sittst dor un hest de Tung in'

Hâls un seğğst kēēn Stârbenswōōrt! Snack ėm doch mool tō Gemȫȫt|ins Gewissen!" – „Gott, Mudder", seğğt Hans-Hinnerk, „wat schâll ik dortō sėggen! Ik wēēt dor nix vun af|verstehe nichts davon; sēh[X58] du man tō, wo[X30] du mit ėm kloor kummst."– (MäJ1b.078) „Och", seğğt sē, „dat liğğt ōōk âllns op mi! Un ik seğğ di, Jung, dor wârrt nix ut! Dor kann nix ut wârrn! Wi hebbt al Trina ehr Jo-Wōōrt, un Ōhm un Medder|Mȫhm sünd dormit inverstohn! Sühst du, dor kann nix ut wârrn!" – „Ik will over anners kēēn|kēēn annere hėbben as de Marieken", seğğt Kloos, „un jüm|ji|ju[X01] mȫȫgt dōōn un snacken wat jüm|ji|ju wüllt[X63]|wȫȫt. De hēle Hoff kann mi egool ween, wėnn ik dē Dēērn ni[X20] krieğ." – „Nu hȫȫr ēēn|einer doch blōōts dėn Jung an!", seğğt de Ōōlsch. „Hest' ehr dėnn al wat tōseğğt? Un will sē di ōōk?" – „Nä", seğğt hē, „tōseğğt heff ik ehr nix, un watt[X26] sē mi will, dat wēēt ik ōōk ni. Man wėnn sē mi ni will, dėnn will ik gor kēēn hėbben." – „Nu wârrt dat noch jümmer grieser|grauer!", seğğt de Ōōlsch, „hett ehr nix tōseğğt, wēēt ni mool, watt sē ėm will, un will dėnn gor kēēn! Sō wat heff ik dėnn doch noch ni beleevt! Hȫȫr mool, Kloos, dō mi dėn ēēnziğsten Gefâllen un slooğ|sloo'[X60] di dē Dēērn ut'n Kopp! Wat hest' an de Trina uttōsetten?" – „Gor nix", seğğt Kloos. – „Na, Jung", seğğt de Ōōlsch, dėnn nehm ehr, un âll de Striet un Spektokel hett ėn Ėnn!" – „Dat kann ik ni, Mudder", seğğt hē, „dat is mi tōwedder[X41b]|zuwider as de Dōōd. Lēver ... na, bâld hârr ik wat seğğt." – „Nu wullt' ēēn wull noch bang moken!", seğğt sē. „Jung, bedėnk di doch! Dat gifft sik âll, un slooğ|sloo' di de dore twēte Wohl|›den Racker‹ vun Dēērn ut'n Kopp!" – „Dat is kēēn twēte Wohl|›Racker‹", seğğt Kloos, „de (MäJ1b.079) Dēērn is gōōt[X50], jüstsō gōōt[X50] as Trina un de annern. Un sē kann dor nix för, datt ehr Mudder ėn Totersch[X16] ween is; un sē is nu jüstsō gōōt[X50] as wi, un vėllicht noch beter." – „Du mein Heiland, stoh du mi bi!", seğğt de Ōōlsch un sleit de Hannen tōhōōp. „Hans-Hinnerk, hölp mi doch! De Jung is ni[X20] bi

Trōōst!" – „Dat schickt sik blōōts ni", seǧǧt Kloos, „sunst worr ik seggen: Mudder is ni bi Trōōst!" – „Jung", seǧǧt sē, „wullt|*willst* du dien verdreiht^{M3}|›entfamtiges‹ Muul hōlen! Ik schull^{X62b}|*sollte* ni bi Trōōst ween?" – „Jo", seǧǧt Kloos, „dat kann ik ōōk." Un hē steiht op un geiht ruut, no'n Peerstâll dool. As hē dor is, leǧǧt hē sien Kopp an sien Blessen sien Hâls un fangt bitterli an tō wēnen. – De Ōōlsch steiht in de Stuuv un wēēt ni, wat sē seggen schâll. Dat Hatt geiht ehr op un dool un dat Blōōt kookt ehr meist. „Un du", seǧǧt sē tō ehrn Ōlen, „du büst ōōk nârms tō|*tō nix* tō bruken; kannst' dien Muul ni openmoken un mi bistohn?" – Hans-Hinnerk seǧǧt nix, steiht op un geiht ōōk ruut. Un as hē buten is, frooǧt hē de Grōōtdēērn, wō Kloos afbleben is. „Dē is no'n Peerstâll doolgohn", seǧǧt dē, un Hans-Hinnerk tüffelt dor ōōk hen. As Kloos em tüffeln hōōrt, wischt hē sik flink de Ōgen ut, langt no den Peerstriegel un fangt an tō schropen. Un as de Ōl' doolkummt, seǧǧt dē: „Jung, wat mookst' dor? Is dat en Ârbeit op en hilligen Sünndaǧ? Koom rin un verdreeǧ di mit Mudder; dat gifft sik wull." – *(MäJ1b.080)* „Loot Hē mi man tōfreden", seǧǧt Kloos, „ik heff Mudder nix doon." – „Dat is âll recht gōōt^{X50}|*in Ordnung*", seǧǧt de Ōl', „over bedenk, datt sē dien Mudder is un dat gōōt^{X50} mit di in' Sinn hett." – „Dat is ōōk âll recht gōōt^{X50}|*o.k.*", seǧǧt Kloos, „over ik kann ni, Voder. Dō Hē mi den Gefâllen un goh Hē rin un loot Hē mi en beten allēēn, nōōssen koom ik no." – De Ōl' geiht wedder^{X41a} rin. „Na, wō is hē bleben?", seǧǧt de Ōōlsch. – „Hē is in' Peerstâll un striegelt de Blessen", seǧǧt hē. – „Un dat op en Sünndaǧ? Un dat liddst|*duldest* du?", seǧǧt sē. „Gliek geihst' mi hen un röppst em rin! Dat Jungvolk mēēnt je wull, dat kann dōōn, wat't will! Nä, sō wiet sünd wi noch lang ni. Un ik seǧǧ di: Dē Dēērn kriǧǧt hē nu ni un nümmer! Rōōp em rin!" – „Hē sä, ik schull em en beten allēēn loten; nōōssen kēēm hē no. Loot em man sien egen Willen un still tōfreden, hē besinnt sik wull noch. Dat is em nu sō

Aussprachehilfen für ō̄, ē, ō̈, â, e, b̆, ǧ, ğ, ǧ: siehe Seite 5 UND Buchdeckel!

gluupsch|*unvermittelt* över'n Hâls komen, hē schâll nu man ēērst mit sik sülben tōrecht wârrn." – „Na", seğğt sē, „dėnn loot ėm; over de Dēērn kriğğt hē ni[x20], sō wohr ..." – „Mudder", seğğt de Ōl', „verspreek di ni." – „Nä", seğğt sē, „over ik bliev dorbi: De Dēērn kriğğt hē ni, ōder ik mutt ēērst mien Ōgen tōdōōn. Wat de Lüüd wull sėggen wârrt un de ârm' Trina-Dēērn, mien lütt' Vadderkind[x15], un Juchen un Grēten! Nä, dat is tō dull! Sō wat tō beleben un dat op sien ōlen Dooğ! Dat is mi ōōk bi de Wēēğ ni *(MäJ1b.081)* vörsungen worrn! De Trina mutt hē hėbben, anners kann dat ni wârrn, ōder ..." – „Nu, nu, Mudder", seğğt Hans-Hinnerk, „sō geev|*beruhige* di doch, hē besinnt sik wull. Morgen is je ōōk noch ėn Dağ, un worum nu jüst vundooğ? Mi dünkt|*scheint*, dat Best is, wi swieğt|*schweigen* dor rein vun still. Âllns will sien Tiet, un de Roğğ wârrt vör Jacōbi|*25. Juli* ōōk ni witt|*reif*." – „Ik wull|*wollte*, ik hârr|*hätte* ōōk sōōn Kēhr-di-an-nix|*Egal-Haltung* as du", seğğt de Ōōlsch, „over ik kann dor ni överweğkomen. Un wėnn hē ni tō Insicht kummt, dėnn goh ik dorbi tōschannen|koom ik dorbi op. Dor heff ik sō veel Johr för leevt un streevt, un nu ... sō!" – „Mudder", seğğt Hans-Hinnerk, „dō mi nu dėn ēēnzigsten Gefâllen un swieğ dor still vun. Hōōr mi doch ōōk mool un loot ėm Tiet, sik tō besinnen. Dat kann je mōōğli|*möglicherweise* noch beter wârrn, as wi dėnkt|*denken*!" – „Na", seğğt sē, „ik will swiegen. Over du schasst dat beleben un befinnen: Dat is mien Dōōd." – „Och", seğğt hē, „ik mağ sōōn Snack ni hōren. Pass op, dat wârrt noch âllns gōōt[x50]."

Kapitel 6

(MäJ1b.082 – Kiek ōōk MäJ1a.081!)

Richtig|Würkli, de Ōōlsch höllt Wōōrt, un kēēn Minsch seǧǧt dor wat vun. Süm|Se^{X04} goht still ēēn bi'n annern lang; un dat is dor sō, as wėnn dor güstern ėn Liek ut' Huus drogen worrn is. Un sō blifft dat ōōk, hēēl anners as sunst, sōdatt de Knechten un Dēērns dat ōōk mârkt (wėnn süm|se ōōk ni^{X20} wēēt, wat dor vörfullen is) un ōōk mit ansteken wârrt. Besunners wunnert süm|se sik över de Ōōlsch: Sunst sōōn Rietendool|*Energiebündel*, wėnn ōōk tōletzt al mēhr mit' Muulwârk|*Mundwerk* as mit Doden|*Taten*. Man nu wârrt sē vun Daǧ tō Daǧ jümmer stiller un för sik un in sik kēhrt. Un wėnn sik dat ni bâld ännert, sō geiht dat wohrhaftig, bi Gott, mit de Ōōlsch ni tō'n Gōden^{X50}. – De ōl' Hans-Hinnerk is twoors gliek dorno no sien Juchen-Swoger hėn ween un hett süm|ehr^{X05} dat âllns vun Ėnn tō Wėnn|vun vör bet achter vertellt, un dē hebbt doröver duurt|*haben es bedauert* un seǧǧt: Süm|Se schullen^{X62b}|*sollten* ėm doch jo kēēn Dwang andōōn, dėnn dat hârr kēēn Segen un kēēn Deeǧ|*brächte kein Gedeihen*. Un as süm|se Trina dat seǧǧt hebbt|*haben*, hett sē wull hōōch opsüüfzt, over doch seǧǧt: „Marieken kann ik ėm wull günnen, sunst over kēēn". Un süm|se hebbt|*haben* sik dat tōlöövt|*versprochen*, kēēn Minschen dor wat vun tō sėggen, ōōk *(MäJ1b.083)* Persetter* ni, süm|ehrn^{X06} Swoger. Un Hans-Hinnerk hett sien Ōōlsch dat in't Bett âllns weddervertellt^{X41a}, vun A bet Z. Over de Ōōlsch blifft, as sē is. Doch nä, loot mi ni lēgen, dat wârrt jümmer duller mit ehr. Jümmer stiller un liedsomer|*verträglicher* wârrt sē, an lēēfsten is sē allēēn för sik un leest in ehr Sâlmbōōk|Psâlmbōōk|Gesangbōōk. – Ehrn ōl' Hans-Hinnerk wârrt dor rein twiefelmȫdig|*verzweifelt* un benaut|*bekümmert* bi. – Un wat Kloos is, dē kickt sien ōl' Mudder ōōk hēēl duursoom|*mitleidvoll* un bedėnkli|nodėnkern an, bet hē dat ni[x20] länger mit ankieken kann. „Voder", seġġt hē dō mool tō sien Ōlen, „koom Hē mool eben mit mi no'n Soolböhn|*Boden über den Stuben* rop." – „Wat wullt du dėnn dor?", frooġt de Ōl'. – „Ik wull|*wollte* Ėm man ėn Wōōrt allēēn sėggen", seġġt Kloos. De beiden stieġt|*steigen* dėnn rop. „Voder", seġġt Kloos, as süm|se[x04] boben sünd, un de Tronen koomt|*kommen* ėm in de Ōgen, „ik kann dat mit Mudder ni länger ansēhn. Seġġ Hē ehr: Ik will de Trina hėbben." – „Gott Loff un Dank!", seġġt de Ōl', „un uns Herrgott segen|*segne* di för dit Wōōrt! Ik wull di ni dwingen. Un ik heff je seġġt: Wėnn du di man ēērst besunnen hârrst|*hättest*, dėnn worr noch âllns gōōt[x50]. Jung", seġġt hē, „ik glōōv, dat is ōōk hōge Tiet, ik will gliek wedder[x41a] dool un ehr dat sėggen, nōōssen|*später* will ik di rōpen." – De Ōl' geiht dėnn hėndool, sō flink as hē man kann, un de Ōōlsch is jüst in de Sloopkomer un leest in ehr Sâlmbōōk. „Mudder", seġġt hē, „wēētst' wat? Hē will de Trina nu hėbben." – „Wat seġġst du?", *(MäJ1b.084)* seġġt de Ōōlsch un dreiht dėn Kopp in Ėnn|*richtet den Kopf auf*, as wėnn ėn Minsch ut'n Drōōm opwookt un sik ēērst ni sō recht besinnen|*erinnern* kann. – „Hē will de Trina hėbben", seġġt de Ōl', „un ik schull di dat sėggen." – „Is dat wiss|*Stimmt das?*", seġġt sē. – „Jo, jo", seġġt hē, „as ik seġġ. Un ik heff dat je jümmer seġġt, hē muss|*müsste* sik man ēērst besinnen|*zur Vernunft* un mit sik sülben tōrecht wârrn|*ins Reine kommen*." – „Voder", seġġt sē, „dat kann ik sō noch ni glōben." – „Wat ik di seġġ, Mudder", seġġt hē, „hē hett mi no'n Soolböhn rōpen un dor hett hē mi dat seġġt. Ik will ėm gliek holen, dėnn kannst du dat je ut sien ēgen Mund hōren, wėnn du mi ni glōben wullt." – Un de Ōl' geiht hėn un hoolt dėn Jung.

As süm|se bi de Ōōlsch ankoomt, sitt dē dor un wēēnt, un seġġt: „Na, mien Jung, du hest di nu besunnen|*besonnen* un wullt|*willst* de Trina hėbben?" – „Jo, Mudder", seġġt hē un dat Kinn flüġġt ėm op un dool, as hē sien ōl' Mudder süht, mit dat

Sâlmbōōk in de Hand. – „Dėnn koom her", seġġt sē, „dėnn büst' ōōk wedder[X41a] mien ōl' lēve Jung; ik hârr dat ōōk ni[X20] överleevt." Un sē foot ėm bi de Hand an un seġġt: „Dat wârrt di wiss suur|gewiss schwer. Over dat is dien Glück, un dat gifft sik, un dat anner geiht ni. Vun de Dēērn wēēt ik nix, un datt sē nix hett, dat is dat ōōk ni. Over bedėnk dat anner âll un dėnk an de ârm' Trina-Dēērn. Nä, dat gung ni." – Kloos seġġt nix, hē steiht stief as ėn Pohl, un de Tronen glinstert|glänzen ėm in de Ōgen. – „Is dat nu (MäJ1b.085) ōōk richtig|würkli dien Ēērnst?", seġġt sē noch. – „Jo", seġġt Kloos hēēl benaut |bekümmert. – „Na, mien Jung", seġġt sē, „dėnn is't ōōk âll wedder gōōt[X50], un uns' Herrgott wârrt uns wull bistohn, datt ōōk wedder âllns sien Schick kriġġt|seine Ordnung findet." Un de Ōōlsch steiht dėnn op, kriġġt ėn Stopel Spēētschen*|Silbertaler her un seġġt: „Kiek dor, mien Söhn, dē kannst du Trina as Gottspėnn* geben, ›op Ech un Tru‹, wėnn du di dat Jo-Wōōrt hoolst. Wėnn wi de Soot ēērst in de Ēēr hebbt, wüllt[X63]|wööt |wöö' wi sülben mit di hėnfohren un dat âll wedder in de Rēēġ kriegen|in Ordnung bringen."

Un sō wiet is dat gōōt[X50], sōtōsėggen, wėnn ōōk noch lang ni würkli gōōt[X50]. De Ōōlsch vermünnert|erholt sik bilüttens wull, vun Daġ tō Daġ jümmer mēhr. Over wat ehrn Kloos is, dē wârrt vun Daġ tō Daġ jümmer drȫmeriger un stiller, as wėnn hē sien ōl' Mudder de swore Last vun de Schullern nohmen un sik sülben wedder opleġġt|oppackt hett. Un worum hett hē dat doon? Hē hett glȫȫvt, hē kunn de Last mit sien jungen, sunnen[X38] Knoken wull beter dregen as sien ōl' Mudder. Man wat dat Unglück is: De dore Last liġġt ni op de Knoken, man op sien Sēēl un sien Hatt; un dē beiden hett hē ėn beten tō veel tōmōōdt, un dē hebbt nu tō dōōn mit süm|ehr[X06] swore, grōte Dracht|Last. ›Jo‹ tō âll, wat minschenmȫȫġli is! Over wat tō veel is, dat is tō veel! Hē geiht dor still bi lang. Un dorum

Aussprachehilfen für ō, ē, ȫ, â, ė, ƀ, ġ, ğ, ǧ: siehe Seite 5 UND Buchdeckel!

datt[X25] hē de letzte Tiet al jümmer sō still ween is, fâllt dat tōēērst ni[X20] wieder op. Un wėnn hē sik *(MäJ1b.086)* mėnnigmool in' Peerstâll satt wēēnt, sō süht dat kēēn Minsch. Dat wēēt blōōts hē sülben un uns' Herrgott; un wėnn dē kēēn Insēhn hett, dėnn is de Sook noch jüst sō lēēğ|*schlimm*, as sē ween is, un vėllicht noch lēger. Un wėnn uns' Herrgott kēēn Root wēēt, ik wēēt kēēn. Hē mutt dat je weten.

Tōletzt wârrt dat mit dėn Jung over noch jümmer lēger. Un de Ōlen kummt dat doch sunnerbor vör, de Ōōlsch ōōk, dē ėm jümmer schârp in't Ōōğ hett. Un as Kloos mool in' Peerstâll is un wēēnt, kummt jüst de Grōōtjung rin un will dat lütte Fohl bornen|*börnen*|*tränken*. Kloos geiht flink ut de Achterdöör, datt de Jung dat ni süht. Man dorachter steiht sien ōl' Mudder, dē dor jüst stillswiegens|*heimlich* ėn Band ünner de Dackleck*|*Reetdachkante* inkleien|*vergraben* will, wō sē ėn lütte Dēērn de Woorten|*Warzen* mit afbunnen hett. As Kloos nu sien Mudder süht, verfēērt hē sik|*erschrickt er.* – Un as sien Mudder ėm süht, verfēērt dē sik ōōk un seğğt: „Jung, hest du wēēnt?" – Hē fangt sik flink un seğğt: „Wosō[X30]|*Wieso*, Mudder?" – „Du hest je hēēl rōde Ōgen!", seğğt sē. – „Nä, dat ni", seğğt hē, „mi hett man ėn Strōhhâlm in't Ōōğ steken|*gestochen* un nu troont|*tränen* süm|*se*[X04] mi âll beid." Man as hē dat seğğt, wârrt hē över un över rōōt, sō rōōt as sien Ōgen. – „Jung", seğğt sē, „koom mool mit rin no de Stuuv|*Döns*." – Hē geiht dėnn mit. – „Jung", seğğt sē wedder[X41a], „ik glōōv, du lüggst, du hest doch wēēnt. Seğğ, fehlt di wat?" – „Nä, Mudder", seğğt hē, „mi fehlt *(MäJ1b.087)* nix." – „Di fehlt doch wat", seğğt sē, „du wârrst mi vun Dağ tō Dağ jümmer stiller; un wat dat bedüüdt, dat wēēt ik. Seğğ liekut: Kannst du de Marieken ni verwinnen|*verschmerzen*?" – „Wat frooğt Mudder dorno?", seğğt hē, „dat is vörbi." – „Na", seğğt sē, „ik wēēr al bang, datt du di dor wat vun tō Kopp|*zu Herzen* nohmen hârrst." – „Nä, Mudder", seġġt hē, „dat is ut. Ik heff Ehr je seġġt, datt ik Trina hėbben will." – „Na", seġġt sē, „dėnn is't ōōk gōōt[X50]. Dėnn wees ōōk vergnȫȫġt. Sünndağ, will't Gott de Herr, wüllt[X63]|wööt|wöö'|wollen wi ōōk hėn, dėnn schasst du di dat Jo-Wōōrt holen." – Un dormit is dat ut. Kloos geiht wedder[X41a] ruut un an sien Ârbeit un nimmt sik nu noch duller in Acht as sunst, datt sien ōl' Mudder nix mârkt. Un wėnn dē ėm süht, ōder sien Ōl', dėnn dwingt hē sik mit Gewâlt un snackt un beert|deit sō, as wėnn hē vergnȫȫġt is, un lett sik nix anmârken, sō suur as ėm dat ōōk wârrt.

De Sünndağ kummt nu ran. Dat Wedder[X41c] is sō schȫȫn, as dat in' Oktōbermoond|Oktober man jichens|nur irgend ween kann. De Nosummer is richtig schȫȫn un de Flēgen speelt noch orri[X90]|tüchtig in de Sünn. Un süm|se[X04] wüllt[X63]|wööt|wollen nu mit Kloos hėn, datt hē sik dat Jo-Wōōrt hoolt un sien lütte Bruut dėn Gottspėnn* gifft, ›op Ech un Tru‹. Un süm|se hebbt süm|ehrn[X06] besten Stoot|best[M3] Schapptüüġ an: Hans-Hinnerk in sien lokensch' Jack|Tuchjacke mit de grōten sülvern Knȫȫp an (vun dē dat Stück ėn Mârk Lüübsch|Lübecker Mark kost hett) un mit sien Mēērschuumpiep* (un dėn sülvern Beslağ op), dē sien Ōōlsch[X16] ėm noch as (MäJ1b.088) Gottspėnn* geben hett, as sē sien Bruut worrn is. Un Kloos is niet vun ünnen bet boben, hett sōgor ėn splinterniede|nagelneue Pietsch, un hē sitt al vör|schon vorn op'n Wooġ. De Grōōtknecht höllt noch de ōlen wehligen|ungestümen Kracken wiss|fast; un de beiden Ōlen stieġt|steigen ōōk al op. Dat is an' Nomėddağ, sō kott no Klock twēē.

Juchen un Grēten un Trina sünd sik nix vermōden|haben keine Ahnung. Un wat de beiden Dēērns sünd, de Trina un Lēna, dē sünd ėn beten no süm|ehr[X06] Kusien Marieken gohn, süm|se hōōlt|halten sō veel vun ehr. De drēē Dēērns sitt|sitzen bi

Persetter* vör Döör ünner dėn grōten Kastanjenbōōm, dē achter't Finster steiht. Un de Dēērns neiht|*nähen* un knütt|stricht|*stricken* un vertellt|*erzählen* sik wat, vun dit un dat. Vun dat anner wēēt lütt' Marieken kēēn Stârbenswōōrt; dėnn Trina hett je nix sėggen dörft|*sagen dürfen* un hett ōōk reinen Mund hōlen|dichthōlen, sō suur ehr dat ōōk worrn is. Dor sitt|*sitzen* süm|se^{X04} un dor sitt süm|se schöön in' Schadden un köönt|*können* langs dėn hēlen Weğ kieken un sēhn, wat dor passēērt. Dor passēērt blōōts ni^{X20} veel.

As süm|se dor nu sō sitt|*sitzen*, dō is Kloos al mit de Ōlen ünnerwegens. Un je nēger hē no Düvelsbrōōk kummt, je sworer wârrt ėm tō Sinn un je duller kloppt ėm dat Hatt. Un as hē dicht vör't Dörp is, noch ėn lütte Vėddelstunn dorvun af, dō fangt de ēēn ōl' Blessen böös|schändli mit dėn Stēērt an tō slogen|sloon. Dat is jüst ėn fief-Minutens Tiet vör dėn ōlen Holtvooğt|*Förster* sien Huus (mit dat *Hirsch*hōōrn|*Geweih* an' Gevel), wat (MäJ1b.089) dor buten allēēn vör't Dörp liğğt. Un de ōl' Blessen, dē sleit un sleit un kriğğt dat jümmer hiller|*wird immer nervöser*, un sleit mit dėn Stēērt över't Leit|*über die Leine*. Hē hett dor ėn Peerflēēğ|*Pferdebremse* ünner, ēēn vun de togen|*zähen*, brēden. Un Kloos nimmt de Pietsch un will dē weğstökern|*wegstochern*. Over knapp föhlt de ōl' Blessen, datt ėm dor noch mēhr ünner'n Stēērt kėttelt, as hē tōspringt|*losspringt*. Un de anner spielt|richtet... *auf* de Ōhren un springt ōōk tō, un nu springt süm|se âll beid'. Un Kloos höllt wiss|fast un stramm un will dat Leit ünner'n Stēērt ruutkriegen, man dat will ėm ni lücken^{X37}|*glücken*. Hē wârrt ârgerli un verdrēētli, ėm is sō je al sō snooksch. Un hē will eben de Pietsch nehmen un dor mool orri^{X90} röverbâllern (un de Ōl' sėğğt noch: „Man sacht! Man sacht! Man sachten un sinnig!"), dō kummt dor jüst tō'n Unglück dėn ōlen Holtvooğt sien grōten

Kōter vun ›*Waldmann*‹ dör'n Knick breken|*kommt gebrochen*, achter ėn grōten griesen Koter her: Un de Peer kriegt|*bekommen* dat mit de Angst un dėn Düvel, un ›Hest du ni![x20], kannst du ni!‹ joogt süm|se[x04] däänsch|*gehen sie durch*! – An Hōlen un Stüren is ni mēhr tō dėnken.

Ōl' Hans-Hinnerk mutt Kloos vun achtern um' Lief foten, datt süm|se dėn Bėngel ni vun' Woog riet|*reißen*, dėnn dat is noch sōōn ōōltmōōdschen, dē vör open is. Appel-Medder schriggt; un as dat ēēn Achterrad över'n Kantstēēn|*Bordstein* geiht, datt de ōl' Woog meist|*fast* umkippt, dō will sē blangen|*seitlich* op dėn Tritt stiegen un afspringen, schier|*rein,* as wėnn sē unklōōk is, as wėnn sē kēēn Rōh[x52] (*MäJ1b.090*) un kēēn rein[M3] Geweten hett. Un Hans-Hinnerk schriggt: „Sitt doch man still! Mudder, hōōl di wiss|*fast*!" Man an Hōlen is bi ehr ni tō dėnken, un Hans-Hinnerk kann je dėn Kloos ni lōōsloten. Un sē pett tō|*tritt zu*, hookt mit dėn Rock fast un steiht mit ēēn Bēēn op'n Tritt un mit dat anner in de Luft un ehr wârrt grōōn un geel vör Ōgen. Dat geiht âll veel flinker, as ik jüm|ju[x02] dat hier vertellen kann. Un de Peer wârrt jümmer unklōker, dat geiht sien Dooġ ni|*niemals*|*auf keinen Fall* gōōt[x50]! – De Lüüd koomt|*kommen* al ut' Huus un lōōpt|*laufen* achteran un wüllt[x63]|wōōt|*wollen* de Peer griepen: Hans Münster lett al sien Tüffeln in' Steek un löppt op Strümpsocken achteran. Over nu lōōp du man un foot dėnn de unklōken Kracken mool an! Un wō dat bi Pēter Langlōh um de Eck geiht, wō hē sien grōten Bârg Buschholt liggen hett, wiss riet|*reißen* süm|se de Ōōlsch dor vun' Woog un sē wârrt rödert|*überrollt* bi lebennigen Lief!

„Wat is dat?", seggt|*sagen* de drēē Dēērns meist tō glieker Tiet, dē dėn Woog dor günt|*dahinten* ansusen komen sēht[x58]|*sehen*. „Gott, dat sünd Hinnerk-Ōhm sien Blessen", seggt Trina, un de Dēērns schriegt|*schreien*. Un wat de

Marieken is, dē smitt ehrn Knütthoos|*Strichstrümp*|*ehr Knütttüüğ* an de Siet, löppt de Peer in de Mööt|*entgegen*, de Dēērn is je wull ni klōōk! Sē stellt sik süm|ehr^{X05} (tō'n Düvel doch!) vör de Bucht|*Kurve* merrn in' Weğ, hett ehr Schört bi beide Ecken tōfoot un höllt dē hōōch in' Ėnn|*empor*, vör ehr Gesicht. Sē weiht dormit op un dool un röppt „Sch-sch! Sch-sch!", as wėnn sē Höhner *(MäJ1b.091)* weğjogen will; och, un sē wârrt je ōōk rödert|*überfahren*! – „Dēērn, wohr di! Och Gott! Och Gott!" – Ik mook de Ōgen tō; 'kēēn^{X33} kann dat mit ansēhn!

Wat is dat? Wo^{X30} is dat mōōğli! De Peer stoht|*stehen* un de Mannslüüd hōōlt süm|ehr^{X05} wiss|fast, un Marieken liğğt in' Weğ as dōōt. Hett sē wat afkregen? Nä, de Peer sünd vör ehr Schört bang worrn|*haben gescheut* un an de Siet sprungen. Ōder Kloos hett wat noholpen, ēēndōōn|*egal*: Süm|Se^{X04} sünd mit de Diessel|*Deichsel* in Langlōh sien Busch rinjooğt un dorin tō'n Stohn komen. Un de Mannslüüd hōōlt süm|ehr^{X0} nu wiss|fast. Un lütt' Marieken hett sik man beswōōğt|*ist nur ohnmächtig geworden* un kummt nu je al wedder^{X41a} tō sik sülben|*zu sich*. Appel-Medder is vun' Tritt sackt un hett sik ōōk beswōōğt. Sē is mit'n Kopp an't Rad fullen, ehrn Vörkopp|*Stirn* blödd, un   . – *Mein Gott*, de Ōōlsch is doch ni^{X20} dōōt?" Is man gōōt^{X50}, datt de Peer stoht. „Un man gliek ēēn no'n Smitt", seğğt Hans Münster, „datt hē de Ōōlsch de Oder sleit|*zur Ader lässt!*" – Over de ōl' Persetter*, dē mit sien ōl' Marieken dor nu ōōk al is, dē seğğt: „Sē blödd al dull nōōğ, dreeğt|*tragt* ehr man gau no mien Huus un wascht ehr mit Etig|*Essig* un kōōlt^{M3} Woter, hōōrst du, Marieken?" – Lütt' Marieken, dē nu al wedder vull bi sik sülben is, geiht ōōk mit, as süm|se de Ōōlsch dor as dōōt hėndreeğt|*hintragen*. Hans-Hinnerk un Kloos gohtt|*gehen* ōōk mit, de beiden sünd lieker|*zugleich* slogen|*sloon* un trōōstlōōs. De annern Mannslüüd bringt|*bringen* de Peer no Juchen-Vooğt lang, wō Trina un Lēna al vörutlōpen sünd un dat *(MäJ1b.092)* Malöör vertellt hebbt. Süm|Se hoolt Voder un Mudder, dē wieder in't Dörp lang wohnt|*wohnen* (meist op't anner Ėnn), ōōk no Persetter* hėn.

Bi Persetter leġġt|*legen* süm|se[X04] Appel-Medder nu op't Bett un wascht|*waschen* ehr mit Etig un kōōlt[M3] Woter un loot|*lassen* ehr rüken|*schnüffeln*, un ... nä! – „Over ehr Pulsoder sleit noch", seġġt Persetter un hett sien Süster bi de ēēn Hand foot, „wascht man jümmer tō|*weiter* un jümmer frisch Dōker op un loot ehr man rüken!" – Un richtig|*würkli*! Tōletzt hoolt sē Luft, rifft|*reibt* sik mit de anner Hand de Ōgen, mookt dē open un seġġt: „Wō[X31] bün ik?" – „Du büst bi dien Brōder", seġġt Persetter un eit|*streichelt* ehr över de Back. – Un sē kickt in'e Runn, un sō bilütten|*allmählich* kummt ehr dat wat|*etwas* bekannt vör. Dėnn is ehr, as wėnn sē ehrn Hans-Hinnerk un ehrn Kloos süht un will in' Ėnn komen|*sich aufrichten*. Un süh, dor sackt sē wedder[X41a] hėn un mookt de Ōgen wedder tō! – „Ehr is wedder slimm", seġġt ōl' Marieken, „Marieken, loot ehr rüken!" – Un richtig|*würkli*, dat hölpt. De Ōgen koomt|*gehen* wedder open|*auf* un bliebt|*bleiben* nu ōōk open. Man süm|se kőhlt|*kühlen* un wascht|*waschen* ehr noch jümmer tō|*weiter*. As sē nu bilüttens jümmer mēhr tō sik sülben|*zu sich* kummt un de annern rēēġlangs|*der Reihe nach* ankickt, ōōk Juchen un Grēten, dē bides|*indes* al mit Trina un Lēna ankomen sünd, seġġt ōl' Hans-Hinnerk: „Na, Mudder, wo[X30] is di dėnn?"

„Ōh", seġġt sē, „ik besinn|*erinnere* mi al wedder. Hebbt jüm|ji|ju[X01] ōōk wat afkregen?" – „Nä", seġġt Hans-Hinnerk. – *(MäJ1b.093)* „Kloos ōōk ni[X20]?", frooġt sē wedder. – „Nä", seġġt de Ōl', „uns fehlt nix. Wėnn di man blōōts nix fehlt." – „Hett dien Kopp ōōk leden|*gelitten*?", seġġt Persetter. – „Ik glōōv ni, Hans", seġġt sē, „mi wârrt nu al hēēl wat anners|*schon ganz anders* tō Mōōt." – „Marieken", seġġt Persetter tō sien Dochter,

„kunnst nu man ēērst mool Kaffe koken, dėnn kann Medder[X14]|Mōhm ėn Tass swatten Kaffe drinken, dat lett nix Bȫs’ tō|kann ni schoden.“ – Marieken geiht no de Kȫȫk. – Over Appel-Medder seğğt: „Loot mi man ēērst ėn Glas Woter kriegen!“ Süm|Se[X04] bringt dat, un de Ōōlsch drinkt un seğğt: „Süh sō, nu wârrt mi beter. Kinners, wo[X30] is dat over âllns sō komen?“ – „Dat wüllt[X63]|wööt|wöö’|wollen wi di nȫȫssen vertellen“, seğğt Persetter*, „nu lieğ man still un sloop ėn beten. Wi wüllt[X63]|wööt|wollen sōlang no de Stuuv|Döns gohn, un du, Marieken“, seğğt hē tō sien Ōōlsch, „du kannst sōlang bi ehr blieben.“ – De annern goht dėnn mit Persetter âll ruut. Un de ōl’ Marieken mit ehrn ōlen beverigen|zittrigen Kopp blifft bi Appel-Medder; un ehrn ōlen Kopp, dē flüğğt un bevert|zittert ehr noch duller as sunst. – „Och“, seğğt Appel-Medder tō ehr, as de annern ruut sünd, „wat Hans wull mēēnt! Ik un slopen! Wēētst du ni[X20], wo âllns sō komen is?“ – „Jo“, seğğt Marieken, „wėnn di dat man nix deit|nicht schadet, dėnn will ik di dat je gēērn vertellen.“ – „Dat deit mi nix“, seğğt Appel-Medder, „de Schreck un de Angst is dat meist ween.“ – „Jo“, seğğt Marieken, „dat hârr|hätte ōōk slimm nȫȫğ wârrn kunnt|können. Un ’kēēn[X33] wēēt, wo (MäJ1b.094) dat aflōpen wēēr, wėnn de Marieken dor ni ween wēēr.“ – ’kēēn, seğğst du?“, frooğt Appel-Medder. – „Uns’ Marieken“, seğğt Marieken. – „Wosō[X30]|Wieso?“, seğğt de Ōōlsch. – „Jo, dėnk di blȫȫts!“, seğğt ōl’ Marieken. „Mi wârrt noch grȫȫn un geel vör Ōgen, wėnn ik dor blȫȫts an dėnk. De Dēērn hett sik merrn in’ Weğ hėnstellt un ehr Schört in de Hȫȫcht hōlen un dormit weiht. Un dor sünd de Peer bang vör worrn un sietwârts no Nover Langlōh sien Busch|Buschholz rinlōpen.“ – „Dat hett de Marieken-Dēērn doon?“, seğğt Appel-Medder. – „Jo“, seğğt ōl’ Marieken, „de Dēērn hârr ünner de Rȫȫd komen|rödert wârrn kunnt. Noher lēēğ sē ōōk in’ Weğ un hârr sik beswȫȫğt|war ohnmächtig.“ – „Mein Gott!“, seğğt Appel-Medder, „dat hett de

Dēērn doon! Gott vergeev|*vergebe* mi âll mien Sünnen! Gott", seğğt sē nu tō Marieken, „rōōp mi dat Kind mool rin." – Ōl' Marieken geiht dėnn ruut no de Köök un will Marieken rōpen. Dē Köök is lieköver|*gegenüber* vun Persetter* sien Sloopkomer|*Schlafstube*, wō Appel-Medder liğğt. As sē no de Köök rinkummt, steiht de lütt' Dēērn vör'n Füürhēērd un kookt Kaffe. Ehr Gesicht is wedder[X41a] hēēl glöhnig|*glühend* vun de gröten Luchen|*Flammen* op'n Hēērd. As Marieken ehr nu röppt, geiht sē mit. – As Appel-Medder dėn lütten Ėngel nu süht, winkt sē ehr ran un seğğt: „Koom mool her, mien lēve Dochter. Un du hest di merrn in' Weğ hėnstellt, vör de dullen|*rasenden* Peer?" – „Jo", seğğt lütt' Marieken. – „Dēērn", seğğt Appel-Medder, „wo[X30] büst du dor op komen? Du hârrst|*hättest* (MäJ1b.095) je överfohrt|*rödert*|*überfahren* wârrn kunnt|*können*!" – „Dat wēēt ik sülben ni[X20]", seğğt lütt' Marieken, „ik sēhğ[X58]|*sah*, datt dat de Blessen wēērn, un dō wull ik süm|ehr[X05] mȫten|*aufhalten*." – „Du büst ėn roor[M3]|*kostbares* Kind", seğğt de Ōōlsch in't Bett, „ik bedank mi dėnn ōōk ēērst mool, un wi wârrt sik|uns[X07] noch wieder spreken." Un dorbi eit|*streicht* sē de lütt' Marieken över de glöhnigen Backen, rein sō fründli un lēēf, as ēēn dat gor ni bi ehr wėnnt|*gewohnt* is. „Nu goh man wedder hėn un kook Kaffe", seğğt sē, „datt ik wat tō drinken krieğ." – Un as Marieken wedder ruut is, seğğt sē tō de ōl' Marieken: „Dō mi dėn Gefâllen un rōōp mi mien Hans-Hinnerk un Kloos mool her, over allēēn. Un dėnn loot uns mool ėn lütten Stōōt|*Weilchen* allēēn, hȫörst du?" – Un ōl' Marieken geiht un röppt de beiden, un süm|se[X04] koomt|*kommen*. – „Kinners", seğğt sē, as dē man eben de Döör tōmookt hebbt|*haben*, „wat hett dat lēve Mariekenkind doon! Nu snackt|*redet* mi nix vun dat anner! Un Kloos, wėnn du de Marieken noch hėbben wullt, sō in Gott sien Noom! Mit lütt' Trina will ik wull snacken, de lütt' Dēērn kriğğt ōōk wull ėn gōden[X50] Mann. Dėnn dit vundooğ|*hüüt* is vun unsen Herrgott, un gēgen dėn will ik mi doch ni opsetten|*auflehnen*. Nä, Gott vergeev|*vergebe* mi âll mien Sünnen! Seǧǧ, Kloos, wullt du de Marieken noch hébben?" – „Jo", seǧǧt Kloos un dat is ém, as wénn ém én grōten Stēēn vun't Hatt fullen is, „wénn Mudder dat ōōk will un gēērn will, dénn will ik dat. Ik hârr ohn Marieken ōōk doch ni[X20] leben un (*MäJ1b.096*) glückli wârrn kunnt." – „Jung, nu wârr ik klōōk|*begreife ich*", seǧǧt de Ōōlsch. „Worum hest' mi dat annerletzt|*kürzlich* ni seǧǧt, as ik di dorno frogen dä?" – „Ik wēēr bang, datt Mudder dor tō veel över krēēǧ|*es nicht ertragen könnte*", seǧǧt Kloos, „un ik luur ni op Mudder ehrn Dōōd!" Un dorbi stoht ém de Tronen in'e Ōgen. – „Nu will ik di wat séggen", seǧǧt de Ōōlsch, „nu schasst du ehr hébben, sō wohr as én Gott in' Himmel is, wénn de Dēērn di blōōts hébben will. Man dor köönt|*können* wi ehr je no frogen. Hōōrst' wull, Hans-Hinnerk?", seǧǧt sē noch, „un snackt|*redet* mi nix vun dat anner. Un wénn uns Herrgott dit lēver will, sō krieǧt|*bekommen* wi dat ōōk wull mit ém tōrecht." – „Deit di nu nix mēhr wēh?", seǧǧt Hans-Hinnerk. – „Nä, jo", seǧǧt sē, „de Kopp, over dat is de Pien|*Pein*|*Schmerz* ni wēērt. Wénn de Kaffe goor is, will ik opstohn; de Schreck is dat meiste ween." – „Gott Loff un Dank!", seǧǧt de Ōl', „dat hârr lēger|*slimmer* wârrn kunnt." – „Un wénn Hans sien lēve Dochter nu överfohrt|*rödert* worrn wēēr? Wat dénn?", seǧǧt sē. – „Ōder ōōk du, Mudder?", seǧǧt hē. – „Dat maǧst du wull séggen", seǧǧt de Ōōlsch, „uns' Herrgott is sichtborli|*openbor* dor mit in't Speel ween! Sō, nu goht man wedder[X41a] rin. Over swieǧt mi still, ik koom sülben no."

De beiden goht|*gehen* wedder rin, no de annern. Un dē frooǧt|*fragen* süm|*ehr*[X05] gliek: „Na, wo[X30] is't, hett sē én beten slopen?" – „Dē un slopen!", seǧǧt Hans-Hinnerk, „sē (*MäJ1b.097*) will gliek opstohn un Kaffe mitdrinken. De Schreck is dat meiste ween", seǧǧt sē. – „Bannig[X90]|*Äußerst* iesern' Natuur hett sē doch", seǧǧt Grēten, „na, *Gott sei Dank*, datt dat sō afgohn|*ausgegangen* is; dat hârr lēger wârrn kunnt!" – „Dat hebbt wi ōōk al seğğt", seğğt Hans-Hinnerk. – „Un de Marieken!", seğğt Grēten, „'kēēn[X33] schull[X62b]|*sollte*|*konnte* dat dacht hėbben! Dat is ėn bannige[X90]|*beachtliche* Dēērn! Na, uns' Herrgott wârrt ehr dat gedėnken."

Nu kummt dėnn de Kaffe op'n Disch, un Appel-Medder kummt ōōk op. Un dat geiht hēēl fix mit ehr, blōōts datt sē ėn orrige[X90] Buul|Bruus an' Kopp hett. Over dat mookt nix. „Dē sackt wull wedder[X41a"], seğğt sē un sett sik dėnn mit alle Mann an' Disch un drinkt Kaffe. – Lütt' Marieken hett dat Inschėnken. „Appel-Medder mutt de ēērste Tass hėbben", seğğt sē un schėnkt in. Dat steiht ehr|*Sie macht das* bannig flink un knapphannig|*hännig*|*gewandt* an, un Appel-Medder freut sik doran, sō hēēl in' Stillen. – Un as âll de Tassen vull sünd un süm|se[X04] puust|*pusten* (dėnn de Kaffe is noch hitt vun't Füür), dō seğğt Appel-Medder tō de lütt' Marieken: „Hest mit mi legen, mien Dochter, schasst ōōk bi mi sitten. Sett di bi mi dool, du büst ėn roor[M3] Kind", un dorbi eit sē ehr wedder över de Backen. De lütt' Marieken wârrt hēēl rōōt un sett sik bi ehr dool. Ehr lütt[M3] bruun[M3] nüüdli[M3] Gesicht is sō smuck un schöön, as noch ni[X20] tōvör. Un dat wēēr|*war* doch al sō schöön, datt ēēn glöben schull[X62b]|*sollte*, dat kunn|*könnte* gor ni smucker un schöner wârrn. – Un süm|se drinkt|*trinken* *(MäJ1b.098)* âll un eet|*essen* dor Kōken tō. „Un dėn hest du ōōk wull sülben backt?", seğğt Appel-Medder tō de lütt' Marieken. Sē hett dat rein sō hild|*eilig* mit de lütte Dēērn, as wėnn sē dor ōōk ėn Nârren in freten hett. Lütt' Marieken nückt mit'n Kopp un de Ōōlsch seğğt: „Dor smeckt hē ōōk no, dat is gliek tō pröben|*herauszuschmecken*. Lütt' Trina, mien Vadderkind[X15], dat is ōōk sōōn Boos|*Talent*. Dē ehr Stutenbrōōt|*Weißbrot*, dat leevt un lacht ōōk man sō." – „Ik heff dat ōōk vun Marieken lēhrt|*gelernt*", seğğt Trina un freut sik. – „Jo", seğğt Grēten, „mit de beiden is dat ēēn Putt un ēēn Stēērt|*die beiden halten zusammen*. Wėnn süm|se man mool ėn poor Dooğ ni[X20] tōhōōp ween sünd, dėnn is dor wat lōōs." – „Sōōn Kinner finnt sik licht tōhōōp", seğğt Persetter*, „noher|*später* is dat al ni mēhr sō licht tō un de Putt geiht licht wedder[X41a] twei, un wėnn ōōk man de Stēērt afbrickt. Jo, Marieken", seğğt hē tō sien Ōōlsch, „du kickst mi an, over wohr is dat. Mit uns is dat twoors anners. Wi hōōlt tōhōōp as de Kliebėn|*Kletten* un sünd sō tooğ as ėn Toterputt*|*Zigeunertopf*, un dē sünd echt." – „Dor seğğst du ėn wohr[M3] Wōōrt, Hans", seğğt Appel-Medder, „ik hōōl dat ōōk mit de Toterpütt." – Un de annern grient. Un wat Kloos is, dē hööğt sik in' Stillen un bitt sō vergnööğt in sien Kōken, as wėnn hē sik dor ditmool wat bi dėnkt, un is't ōōk man, datt hē dėnkt: ›Hē smeckt dor overs ōōk no‹. Un dat smeckt süm|ehr[X05] âll. Nōōss' krieğt|*nehmen* de Mannslüüd süm|ehr[X06] Piepen her, Persetter sien Kâlkpiep un Hans-Hinnerk sien Mēērschuum*|-piep. *(MäJ1b.099)* Süm|se[X04] pafft|*paffen* un dampt|*dampfen*, as wėnn sōōn Lüttmann backen deit. Un de ōl' Persetter fȫhlt sik je wull bannig[X90] kommōdig|*behaglich*: Hē smȫȫkt orntli Ringen, wat hē allerbest kann. Un sien Ringen treckt|*ziehen* hierhėn un dorhėn, dreiht|*drehen* sik sō rum un sō rum, jüst (as süm|ehr[X06] Wȫȫr) dör dėn Quâlm un Rōōk hėndör. Un as mool sōōn blauen Tobaksring liek|*genau* bobėn|*über* de lütt' Marieken ehrn Kopp sweevt, as wēēr't sōōn Hilligenschien, dō smuustergrient de ōl' Persetter sō bi sik sülben. – Un Appel-Medder seğğt jüst: „Wo[X30] dat doch wunnerli komen kann, Grēten. Bi di mutt Marieken ehr Mudder ut de Böhnluuk|*Bodenluke* fâllen un ehr lēve Dochter mutt uns dat Leben reddėn, un Gott wēēt, wat noch mēhr! Mien lütt' Dochter", seğğt sē tō Marieken, „Voder hett di dat je wull âll vertellt." – „Sē wēēt vun âllns Beschēēd", seğğt Persetter, „un ik heff ehr ōōk de Steed wiest|*gezeigt*, wō ehr Mudder begroovt liğğt, un du schullst[X62b]|*schusst*|*solltest* man mool sēhn, wat sē dor för schȫne Blȫȫm op plant hett un

Buschbōōm|*Buxbaum* rundum." – „Jo", seğğt Juchen, „wo't wunnerli komen kann, 'kēēn[X33] hârr sik dat dacht!" – Un Persetter* suğğt|*saugt* wedder[X41a] an'e Piep un pafft un quâlmt un dampt, datt Appel-Medder mit dat Taschendōōk weiht un seğğt: „Hans, du quâlmst je unminschli. Loot's man mool no'n buten ruutgohn, in de frische Luft, no'n Kârkhoff hèn." – Un süm|se[X04] goht|*gehen* ōōk no dat Graff, wō Marieken ehr Mudder liğğt. Un as süm|se dor stoht|*stehen*, sünd süm|se ēērst âll wat still. Bet Appel-Medder dènn wedder seğğt: „Un jüst *(MäJ1b.100)* hier in de Ârmsünnereck|*Gräberecke für Unehrenhafte*! Dē will ik tō Ēhren bringen un dissen Dağ ēwig ni[X20] vergeten! Hans-Hinnerk", seğğt sē tō ehrn Ōlen, „hier wüllt[X63]|wööt|wöö'|*wollen* wi drēē runne Stēēn insetten loten, mit iesern' Keden dortwischen un èn Dènkmool an't Koppènn. Wō liğğt sē mit dèn Kopp hèn?", frooğt sē Persetter. – Dē wiest mit de Piep hèn un seğğt: „Dor, wō de Mōōsrōōs|*Rosa × centifolia ‚Muscosa'* steiht." – „Hōōrst' wull, Hans-Hinnerk?", seğğt Appel-Medder tō èm, „vör'n Winter mutt dat noch in de Rēēğ|*in Ordnung*." – „Dor is ōōk je licht Root tō|Dat löppt", seğğt hē. – Un lütt' Marieken steiht achter un wēēnt, liekers|*obwohl* sē ehr lēve Mudder ni kènnt hett. Wènn ēēn de lütte Dēērn sō ankickt, jümmer schōner! Nä, wo[X30] is dat mōōğli! As wènn uns' lēve Herrgott sülben èn Nârren an ehr freten hett! Na, 'kēēn[X33] wēēt: Hē hett je sō sien Gedanken un sien ›Gou‹|*Geschmack* för sik.

Nōōssen goht|*gehen* süm|se wedder tō Huus, man ēērst mit alle Mann no Juchen hèn, wō süm|ehr[X06] Peer stoht|*stehen*. Dor wüllt[X63]|wööt|*wollen* süm|se Obendkost|-brōōt eten, dènn Grēten seğğt: „Ik heff al Gōōs inslacht." Un dor eet|*essen* süm|se dènn Gōōssuur|*Gänsesauer* un Kantüffelmōōs|*Kartoffelpüree* un drinkt èn Glas Eierbēēr achteran. Dat mağ de ōl' Persetter sō gēērn,

Aussprachehilfen für ō, ē, ō̄, â, è, ƀ, ģ, ğ, ğ̄: siehe Seite 5 UND Buchdeckel!

›dat smȫdiğt|*salbt*|*labt* ėm sō nett de Bost un treckt ėm sō wârm um de Nēren|*Nieren*‹, seğğt hē.

Bilüttens|*So langsam* mööt|*müssen* süm|se[X04] nu ōōk wull wedder[X41a] an't Huus dėnken, ēhr|*ehe* dat düüster wârrt, för|*wegen* de ōlen willen Peer. – „Ik will jüm|ju[X02] over wat sėggen", seğğt Appel-Medder, *(MäJ1b.101)* „ik stieğ op dėn Unglückswooğ ni[X20] wedder rop, wėnn de Blessen dor vör sünd. Ik will över Nacht hier bi Grēten blieben. Un jüm|ji|ju[X01] schüllt[X62a]|schööt|*sollt* dor ōōk ni wedder mit fohren", seğğt sē tō Hans-Hinnerk un Kloos. – „Ōh", seğğt Kloos, „Mudder, dat is nu mool passēērt, man de Blessen schüllt|schööt|*sollen* mi nu ni wedder utneihen. Un missen worr ik de beiden Kracken doch bōōs." – „Ik will jüm|ju wat sėggen", seğğt Juchen, „Dortjen*" (hē mēēnt Appel-Medder, dėnn de hēēt ›Dortjen‹ mit Vȫrnoom), „Dortjen will je över Nacht hier blieben. Du, Hans-Hinnerk, du kannst mien Lieschen un mien Wittfōōt vörspannen, dē sünd je sō tamm|*zahm* un sinnig|*bedächtig* as ėn Lamm. Un Kloos kann je de Blessen no Huus rieden." – „Dat is ōōk dat Best", seğğt Persetter. – „Kinners, jo", seğğt Appel-Medder, „dor loot dat bi blieben!" – Un dor blifft dat dėnn ōōk bi. De beiden Mannslüüd fohrt|*fahren* un riedt|*reiten* nōōssen|*bald* af un Appel-Medder blifft dor.

As Appel-Medder nu mit Juchen un Grēten allēēn is, seğğt sē: „Mit jüm|ju heff ik noch wat Wichtiğs aftōmoken. Kiek", seğğt sē, „mit Kloos wēēt jüm|ji|ju dat je al, datt hē afsluuts de Marieken hėbben will. Ik heff mi dor lang nōōğ gēgen wehrt." Un sē vertellt süm|ehr[X05] dat âll nochmool, wat süm|se al wēēt|*wissen* un noch ni wēēt. „Un jüm|ji|ju sēht[X58] nu je sülben in", seğğt sē, „gēgen unsen Herrgott kann ik ni an, un will dat ōōk ni." – „Dat schasst du ōōk ni", *(MäJ1b.102)* seğğt Grēten, „un wėnn Marieken ėm will, dėnn schâll Trina ehr ni in' Weğ stohn. Un dē wârrt sik dor ōōk rinfinnen, dėnn sē höllt unbannig[X90]|*unglaublich* veel vun Marieken, un dē Dēērn is dat ōōk wēērt." – „Un ik mēēn dat ōōk", seǧǧt Juchen, „ik heff nix mit dat Tōhōōpkuppeln in' Sinn. Dor is mennigmool kēēn Segen un kēēn Deeǧ|*Gedeih* bi; hebbt wi dat ni[X20] an Pēter Langlōh sien Krüschan|*Christian* beleevt? 'kēēn[X33] hârr dat dacht, dē em kennt hett, datt de Jung sik noch mool ophangen worr! Over sien ōl' Mud..." – „Swieǧ doch man still", seǧǧt Appel-Medder, „ik maǧ dor nix vun hören. Un wat de Trina is, mien lütt[M3] Vadderkind[X15], de Dēērn schâll ni vergeten wârrn. Dusend Spēētschen* will ik ehr in de Utstüür smieten, sē maǧ en Keerl kriegen ōder ni. Denn de Dēērn liǧǧt mi op'e Sēēl un ik hōōl wat vun ehr." Sō bringt Appel-Medder dat mit Gott sien Hölp âllns tō Schick. – Lütt' Trina is dor tōfreden mit un seǧǧt: „Wenn hē Marieken hebben will, denn kann ik em ni kriegen, un Marieken günn ik em." Over nōōssen hett sē doch in' Stillen sōōn beten wēēnt, wat sik over denn bâld geben hett. – „Wat ik nu man noch seggen wull", seǧǧt Appel-Medder, „du schasst|*sollst* dor over noch nix vun vertellen! Un datt jüm|ji|ju[X01] ōōk reinen Mund hōōlt|*schweigt*", seǧǧt sē tō Juchen un Grēten. „Denn wi wēēt je noch gor ni, watt[X26] Marieken em ōōk lieden maǧ un hebben will!" – „Lieden maǧ sē em", seǧǧt Trina, „dat heff ik wull (MäJ1b.103) mârkt. Denn sē hett mi mool vertellt, datt sē em op Ōhm sien Holtkamp snōōrt|*angebunden* hett." Un sē vertellt süm|ehr[X05] nu de Geschicht, dē wi al lang wēēt|*wissen*. – „Süh, wat en Racker|Slēēf|*Schlingel* vun Dēērn!", seǧǧt Appel-Medder, „un sē hett em richtig|*würkli* un tōdegen|*nohōlern*|*nachhaltig* snōōrt, dat mutt ik seggen. Na, Gott geev süm|ehr[X05] Glück, denn schâll hē ehr dor den Bruutkranz för opsetten!"

Kapitel 7

(MäJ1b.104 – Kiek ōōk MäJ1a.104!)

Dat is gōōt[X50]. As Appel-Medder nu wedder[X41a] tō Huus is, kriǧǧt sē ehrn Ōlen un Kloos dėnn ōōk gliek vör, un seǧǧt: „Mit Juchen un Grēten un Trina bün ik in't Rein. Kloos, wullt du de Marieken hėbben, dėnn mook di dor achter, snōört hett sē di je al lang." Un as sē dat seǧǧt, kickt sē dėn Kloos schârp un fründli an. – Dē wârrt hēēl rōōt un seǧǧt: „Jo, dat hett sē doon; ik heff dat Sēēl|*Strohseil* noch in' Kuffer|*Truhe*." – „Du Düvelsjung!", seǧǧt de Ōōlsch, „un dor seǧǧst' uns Ōlen kēēn Stârbenswōōrt vun?" – „Ik wēēr bang, datt Mudder schimpen|*schellen*|*schelten* dä", seǧǧt Kloos. – „Na, loot't man gōōt[X50] ween", seǧǧt de Ōōlsch, „un süh man tō, datt du ehr kriǧǧst. Voder un ik geebt di unsen Segen dortō, ni[X20] Hans-Hinnerk?" – „In Gott s' Noom", seǧǧt dē, „un ik heff je jümmer seǧǧt, datt dat noch âllns gōōt[X50] worr|*würde*." – „Jo", seǧǧt de Ōōlsch, „'kēēn[X33] kunn sik dat ōōk dėnken! Jung", seǧǧt sē mitmool|*plötzlich* tō Kloos, „acht Dooǧ no Martini|*Martinstag 11. Nov.* is je Anna Timmermannsch[X16] ehr Köst|*Hochzeitsfeier*, (MäJ1b.105) dor kannst du Marieken je ut'n Disch danzen|*den ersten Tanz machen!* Sē kann je wull?" – „Ik wēēt ni", seǧǧt Kloos. – „Ōh", seǧǧt sē, „dē wârrt wull könen, dē is veel tō leifig|*munter*." – „Dat lett sik je versöken", seǧǧt Hans-Hinnerk.

Un as nu de Köst is un süm|se[X04] wat eten hebbt|*haben*, dō geiht dat Speelwârk|*hier: das Tanzen* je lōōs. Ōl' Rosermann langt al no sien Vigelien un Marieken sitt twischen Grēten ehr Trina un Lēna. Sē hett blōōts ni sōōn golle Mütz op as de annern beiden Dēērns, over dat mutt ik sėggen: ›Dē de Wohl hett, hett de Quool‹, seǧǧt ėn ōl' Spreekwōōrt, un bi Trina un Lēna kunn't wohr wârrn. Over bi Marieken un de annern beiden, nä, dor is kēēn Besinnen: Marieken ōder kēēn; dėnn wō[X31] hett sē ehrsglieken? – Un as ōl' Rosermann nu stimmt hett, un Hans Hinzelmann dèn Bass, un as süm|se[X04] nu anstriekt|anstreichen, hier: beginnen, Nummer Fief in süm|ehr[X06] Nōtenbōōk, un as Korl Bōōsselmann in't Hōōrn|Waldhorn stött un Hinnerk Winzelmann in de Fleut, dō stött Appel-Medder ehrn Kloos mit dèn Ellbogen in de Siet un seǧǧt: „Sō, Jung, nu danz ehr ut'n Disch!" – Un Kloos dènn lōōs, un Marieken mit èm, un Dunner! Wo[X30] kann de lütt' Dēērn sik dreihen! – „Nu kiek mool", seǧǧt ōl' Bârkmannsch[X16] tō ōl' Wrēēsch[X16?], „wo dèn Persetter* sien Marieken danzen kann! 'kēēn[X33] hârr dat dacht! Hett sē't lēhrt?" – „Och, wat èn Stück Snack", seǧǧt ōl' Wrēēsch, „'kēēn lēhrt hier danzen? Dat ōōbt|üben de Schōōldēērns sik op'n Kârkhoff in, un dat stickt dor sō vun lütt op in!" – (MäJ1b.106) „Over ik will weten … sē kann …", seǧǧt ōl' Bârkmannsch, „blōōts, wat mi wunnern deit, datt hē Buurvōōǧtsch[X16] ehr Trina ni[X20] ut'n Disch danzt. Schull dat ut ween mit de beiden, un schull de Jung sik in de Marieken verkeken|verliebt hèbben?" – „Wunnern schull[X62b]|sollte mi dat ni." – 'kēēn wēēt", seǧǧt ōl' Wrēēsch, „dat süht dor meist no ut, un verdènken dō[X23] ik èm dat ōōk ni. Over ik glōōv ni, datt sien ōl' Mudder ehr Jo-Wōōrt dortō gifft, ōder ik muss|müsste ehr ni kènnen." – „Nä, du", seǧǧt ōl' Bârkmannsch, „dat glōōv ik ni, kiek Hans-Hinnerk sien Ōōlsch man blōōts mool an: Sē lacht öber beide Backen un mit't hēle Gesicht un lett süm|ehr[X05] ni ut' Ōōǧ." – „Jo, wohrhaftig", seǧǧt ōl' Wrēēsch, „Gott, wat lütt' Trina nu wull seǧǧt!" – „Och, Dēērn", seǧǧt Mudder Bârkmannsch, „kiek! Dē is nix weǧ|fehlt nichts, dē danzt mit Pēter Langlōh sien Jehann, un dē kriǧǧt nu je de Steed. Sien Brōder Krüschan, Gott heff èm selig, dē hett sik je ophungen; dat wēēr èn ōlen gōden[X50] Jung. Un wat de Jehann is, dē gliekt èm op èn Hoor un is ōōk je sō smuck. Un de Ōōlsch is nu je wull tamm|zahm un wârrt kēēn Dwassdrieverie|›Quanten‹ wedder[X41a] moken." – „Nä, dat hett sē wull richtig|würkli vergeten", seǧǧt ōl' Wrēēsch. „Jo, sō veel Geld un sōōn Schicksol! Dē hârr|*hätte* doch leben kunnt|*können* as Pârl in Gold un as uns' Herrgott in Frankriek. Un nu mutt sē mit sōōn Last rumslepen, over dat kummt dorvun!" *(MäJ1b.107)*

Sō snackt diss', un de anner snackt dat, un diss' wunnert sik un dē wunnert sik. Un Kloos wunnert sik ōōk, datt de Danz al ut is; hē mēēnt, dē is eben ēērst anfungen. Over ōl' Rosermann wēēt Beschēēd: Nummer Fief is drēēmool al tō Ėnn un dat is för't ēērst' Mool un för ėn Hamborger Schülgen|*Schilling* riekli[M3] Moot|*tōmeten*. Un mit Nummer Fief sünd süm|se[X04] ōōk je noch lang ni[X20] âll. Hōōr, nu kummt Nummer Süss, un Kloos danzt mit Trina, dėnn âll wat Recht is|*wat mutt dat mutt.* Un de ōlen Wiever steekt|*stecken* de Köpp tōhōōp un fisselt|*zischeln* un kiekt|*gucken* süm|ehr[X05] an, un Appel-Medder süht hēēl still un ēērnsthaftig ut. Un nōōssen|*danach* danzt Kloos mit Lēna, un nu wedder[X41a] mit Marieken, un nu mit de lütt' Bruut, un nu wedder mit Marieken, nu mit Stina Behrmannsch, un nu mit Marieken, un nu sleit hē mool över|*überspringt er mal,* un nu wedder mit Marieken. – „Nä", seǧǧt|*sagen* de ōlen Wiever, „passt op, de Marieken schåll't|*soll es ween.*" Un dor hebbt|*haben* süm|se recht in|*dat hebbt süm dropen.* – „Na", seǧǧt Appel-Medder nōōssen, as sē ehrn Jung achter'n Muskantendisch allēēn hett, „maǧ sē di lieden?" – „Och, Mudder", seǧǧt hē, „wat hett Sē al wedder! Kloor maǧ sē mi lieden."

Wō de ōl' Jung dat wull vun wēēt? Dor frooǧt jüm|ji|ju[X01] mi tō veel. Over kiekt blōōts mool hėn, wo[X30] sē ėm fründli un hattli ankickt mit ehr swatten Ōgen! Un wat|*wie* sē ėm ōōk de Hand drückt! Ik wēēt dat ni, dor mööt|*müsst* jüm|ji|ju ėm sülben no frogen. Glōben wull ik't *(MäJ1b.108)* meist|*fast,* dėnn dat geiht bannig[X90] drang|*eng,* wėnn süm|se sik lōōsloten schüllt[X62a]|schööt|*sollen.*

„Dat is ēēndōōn|*einerlei*, Hans", seġġt Appel-Medder tō dėn ōlen Persetter*, „dien Marieken-Dochter is ėn roor[M3]|*prächtiges* Kind; wat mēēnst': Wēēr dat ėn Fru för mien Kloos?" – „Dat wēēt de Düvel!", seġġt Persetter, „ėn betere Dēērn schâll hē man sȫken." – „Du", seġġt sē, „ünner uns|*in't Vertruun*, schull[X62b]|*sollte* sē ėm wull lieden un verdregen|*aushalten* mögen?" – „Dat wēēt ik ni[X20]", seġġt Persetter*. – „Seġġ, du ōle Spitzbōōv!", seġġt sē, „büst du dor ni bi ween, as sē ėm snȫȫrt hett?" – „Wosō[X30]?", seġġt Persetter. – „Ik mēēn op dien Holtkamp", seġġt sē. – „Jo, sō", seġġt Persetter un smuustergrient, „un ehr Sēēl|*Strohseil* hett hē mitkregen; dėnn mit ėn Drinkgeld wull hē je ni ruut." – „Dor seġġst du ėn wohr[M3] Wōōrt", seġġt Appel-Medder wedder[X41a], „ehr Sēēl hett hē mitkregen. Un dat sitt bi ėm fast, hē will afsluuts dien Marieken hėbben. Loot di dat mool âll vun Grēten vun Ėnn bet tō Wėnn|*von vorn bis hinten* vertellen, dē wēēt Beschēēd." – „Nu", seġġt Persetter, „dėnn loot ehr ėm kriegen." – „Dat sēh[X58] ik nu ōōk wull in", seġġt sē, „un hėbben schâll hē ehr ōōk, over …" – „Over wat dėnn?", seġġt Persetter, „hē will ehr hėbben, du hest dor nix bi intōwėnnen, ik ōōk ni; un mien ōl' Marieken wârrt sik ōōk ni spârren, wėnn't ehr ōōk suur ankomen|*schwer fallen* wârrt, wėnn sē dat Kind missen|*entbehren* schâll." – „Och", seġġt Appel-Medder, „Grēten deit|*gibt (MäJ1b.109)* jüm|*ju*[X02] wull ēēn vun ehr Dēērns wedder hėn." – „Dat finnt sik wull", seġġt Persetter, „over ik mēēn man, hett dien Hans-Hinnerk dor dėnn wat gēgen?" Un dor grient hē wedder bi as ėn Botterlicker|*Schmetterling* un puust|*pustet* wedder ėn grōten Ring ut sien Kâlkpiep. – „Dat ni", seġġt sē. – „Over wat dėnn?", seġġt hē. – „Ik mēēn man", seġġt sē, „watt[X26] Marieken dat wull dōōn schull[X62b]|*worr|würde*?" – „Dat wēēt ik ni", seġġt Persetter. – „Och", seġġt sē, „mit jüm|*ju* Mannslüüd is ōōk nix antōfangen. Ik mēēn, du kunnst ehr dor je mool no frogen." – „Dortjen", seġġt Persetter un wârrt|*fängt an* mitmool hēēl wiss un ēērnsthaftig utsēhn|*auszusehen*, „nu verstoh ik di, un dat will ik wull dōōn, un dėnn schasst du Beschēēd hėbben." – „Na, Brōder", seğğt sē, „dat dō, seğğ dor over sunst nix vun un loot di nix anmârken." – „Kēēn Sorğ", seğğt Persetter*, „blōōts mien ōl' Marieken, un dē hett dat Swiegen nu ōōk al lēhrt|*gelernt*."

„Juuch!" – „Herr Jē!", seğğt Appel-Medder, „kiek dėn ōlen Voder Krōhn! Hē hett al ėn Lütten ünner'n Hōōt." – „Juuch! Persetter schâll leben!", seğğt Voder Krōhn bi sien Wienbuddel. Un wat sien Ōōlsch is, dē begōōōscht|*tüüscht |beruhigt* ėm un seğğt: „Voder, schoomst' di ni?" – „Un *ich vertausch' die Heirat nich für eine Millijon*, un kickt mien Ōōlsch mi in't Gesicht, dėnn bün ik *glücklich schon, ja, ja! Dann* bün ik *glücklich schon!*", singt Voder Krōhn un steiht un pedd|*tritt* mit ēēn Bēēn dėn (MäJ1b.110) Takt no de Musik. Hē hett sien Glas in de Hand un bōōrt dat op un dool un schülpert dėn hâlben Wien|*den Wein zur Hälfte* över'n Disch. „Persetter", seğğt hē, „heff ik ni[X20] noch ėn schōne Stimm? Stōōt Hē mool an! Prōōst! Sundheit[X38]!" – „Sundheit!" – „Op du un du", seğğt Voder Krōhn, „ik bün noch bi Ėm tō Schōōl gohn, heff mėnnig Jackvull|*manche Tracht Prügel* kregen; over âllns ēhrli verdēēnt, un dorum kēēn Fiendschop ni! Juuch! Persetter schâll leben! Vivat! Hurro!" Un de Glōōs klingt|*klingen*, un Rosermann fiedelt un Hinzelmann gniedelt, un Bōōsselmann bloost un Winzelmann fleut un:

„Juuchhei, sōōn Köst, dat geiht dormit!
        Qui - di - witt - jan - wumm.
De Ōlen springt sik de Bēēn ut' Lidd|*Glied*!
        Qui - di - witt - jan - wumm.
            Qui - di - witt - juch - heirasa,
            qui - di - witt - juch - heirasa,

heisasa un hopsasa,
qui - di - witt - jan - wumm.

Vundooğ kēēn Knoken in de Bēēn!
Qui - di - witt - jan - wumm.
De Block|*Blockade* mutt weğ bi jēdenēēn.
Qui - di - witt - jan - wumm.
    Qui - di - witt - juch - heirasa,
    qui - di - witt - juch - heirasa,
    heisasa un hopsasa,
    qui - di - witt - jan - wumm.

De Swevelsticken* wârrt ni[X20] klȫȫvt.
Qui - di - witt - jan - wumm. *(MäJ1b.111)*
Kiek an, wo[X30] de lütte Dēērn al tȫȫvt!
Qui - di - witt - jan - wumm.
    Qui - di - witt - juch - heirasa,
    qui - di - witt - juch - heirasa,
    heisasa un hopsasa,
    qui - di - witt - jan - wumm.

„Lütt' Dortjen, nu man fix heran"!
Qui - di - witt - jan - wumm.
„Wat kickst mi an? Ik heff al 'n Mann!"
Qui - di - witt - jan - wumm.
    Qui - di - witt - juch - heirasa,
    qui - di - witt - juch - heirasa,
    heisasa un hopsasa,
    qui - di - witt - jan - wumm.

„Du hest al 'n Mann, du Racker|*Schlingel*, du?"
Qui - di - witt - jan - wumm.
„Un kickst mi an? Ik heff al 'n Fru!"
Qui - di - witt - jan - wumm.
    Qui - di - witt - juch - heirasa,

qui - di - witt - juch - heirasa,
heisasa un hopsasa,
qui - di - witt - jan - wumm.

Man jümmer fix, man jümmer rund!
Qui - di - witt - jan - wumm.
Verdwēēr, verkrüüz|*kreuz und quer* un kunterbunt!
Qui - di - witt - jan - wumm.
Qui - di - witt - juch - heirasa,
qui - di - witt - juch - heirasa,
heisasa un hopsasa,
qui - di - witt - jan - wumm.

Un nu mool mit de Hack vör't Gatt|*m. d. Absatz geg. d. Hintern*!
Qui - di - witt - jan - wumm.
Wi Ōlen hebbt noch lang kēēn Spatt|*sind noch lange nicht lahm*!
Qui - di - witt - jan - wumm.
Qui - di - witt juch - heirasa,
qui - di - witt - juch - heirasa,
heisasa un hopsasa,
qui - di - witt - jan - wumm. *(MäJ1b.112)*

Un nu man wiss|*fest* mool opgepedd|*aufgestampft*!
Qui - di - witt - jan - wumm.
Wėnn Bōōsselmann in't Hōōrn dor stött!
Qui - di - witt - jan - wumm.
Qui - di - witt juch - heirasa,
qui - di - witt - juch - heirasa,
heisasa un hopsasa,
qui - di - witt - jan - wumm.

Dat bloost un fiedelt, fleut un brummt,
Qui - di - witt - jan - wumm.
datt ēēn acht Dooǧ de Ōhren summt.
Qui - di - witt - jan - wumm.

Qui - di - witt - juch - heirasa,
qui - di - witt - juch - heirasa,
heisasa un hopsasa,
qui - di - witt - jan - wumm.

Un ›Juuch!‹, man lustig hėn un her!
  Qui - di - witt - jan - wumm.
Rundum, verkrüüz, verdwass, verdwēēr|*Rundum & kreuz & quer*!
  Qui - di - witt - jan - wumm.
    Qui - di - witt juch - heirasa,
    qui - di - witt - juch - heirasa,
    heisasa un hopsasa,
    qui - di - witt - jan - wumm.

Un nu noch 'n Lütten op de Snuut.
  Qui - di - witt - jan - wumm.
Dėnn|*Denn* gliek, dėnn|*dann* is dat Speelwârk ut.
  Qui - di - witt - jan - wumm.
    Qui - di - witt - juch - heirasa,
    qui - di - witt - juch - heirasa,
    heisasa un hopsasa,
    qui - di - witt - jan - wumm.

Dat is ėn Leben! Un sō geiht dat de hēle Nacht dör. Dėn annern Dağ over is âllns still, blōōts in' Kopp suust un dröhnt dat noch jümmer ›Qui-di-witt-jan-wumm‹. Man dat gifft sik ōōk sō bilütten wedder[x41a], wėnn ēēn dor blōōts ēērst ėn poor Nachten op slopen hett. Dat kummt âllns wedder in sien ōle Spōōr, un Persetter* ōōk. Dat allerēērst, wat hē sien ōl' Marieken vertellt, is dat vun Appel-Medder *(MäJ1b.113)*, dat vun Kloos un Marieken. – „Jo", seğğt ōl' Marieken, „dat wârrt mi suur wârrn, dat Kind tō missen. Over ēwig köönt|*können* wi hier je doch ni[x20] tōhöpenblieben, un ik will ehr Glück ni in' Weğ stohn. Wo[x30] schüllt[x62a]|*schööt*|*schöö'*|*sollen* wi sik|uns[x07] blōōts ohn ehr behölpen?" – „Dortjen mēēn|*meinte*, wi kunnen|*könnten* dėnn

Aussprachehilfen für ō, ē, ȫ, â, ė, ƀ, ğ, ǧ, ǧ: siehe Seite 5 UND Buchdeckel!

je ēēn vun Grēten ehr Dēērns tō uns nehmen", seǧǧt Persetter*. „Na, dat finnt sik je. Hârr uns' Herrgott uns de Marieken ni[X20] geben, hârrn wi ōōk je sēhn musst|*müssen*, wo[X30] wi ohn ehr kloorkomen wēērn|*wären*. Ik will Marieken dènn mool rinrōpen un ehr dat mool vörstellen. Mool sēhn, wat sē dortō seǧǧt." – Un lütt' Marieken kummt. – „Kind", seǧǧt Persetter, „sett di mool bi uns dool. Un nu hȫȫr tō, mien Dochter", seǧǧt Persetter wieder. „Mudder un ik sünd nu je al beid' ōōlt un köönt|*können* uns' poor Lebensdooǧ je al an de Fingern aftellen. Nu mēēnt|*meinen* wi, datt du nȫȫssen ni wedder[X41a] hēēl allēēn un verloten in de Welt stohn schasst." – Hier fangt de lütt' Marieken an tō wēnen un höllt ehr Schört vör de Ōgen. – „Kind", seǧǧt Persetter, „wēēn ni. Dat lett sik nu mool ni ännern, un wi mēēnt|*meinen* dorum sō: Du muttst friegen, datt du dènn Anholt|*Anschluss* hest." – As Marieken dat hȫȫrt, verfēērt sē sik orri[X90]|*erschrickt sie sehr* un höllt ehr Schört noch duller vör de Ōgen. – „Wat mēēnst' dortō, Kind?", seǧǧt Persetter. – Lütt' Marieken swiǧǧt still un hett ehr lütt[M3] nüüdli[M3] Gesicht noch jümmer achter de Schört un wēēnt. – „Jo, hȫȫr", *(MäJ1b.114)* seǧǧt Persetter, „Medder[X14] ehrn Kloos will di hèbben, wènn du èm wullt. ›Di ōder kēēn‹ hett hē seǧǧt. Maǧst du èm wull lieden un verdregen?" – Marieken hett ehr Gesicht noch jümmer achter de Schört un will dat je wull ni wiesen, wo rōōt un wo glȫhnig ehr lütt[M3] bruun[M3] Gesicht is. – „Marieken", seǧǧt de ōl' Marieken, „du muttst Voder nu ōōk antwōren. Kloos schàll je man Beschēēd hèbben. Un dat is èn gōden[X50] Jung un maǧ di je sō bitterli gēērn lieden. Na, nu seǧǧ wat!" – Marieken seǧǧt wedder nix. – „Na", seǧǧt de ōl' Marieken, „nu wees|*wee*'[X60] man ni kâlvsch|*mâll|albern*. Wi snackt|*reden* je hēēl ēērnsthaftig mit di." – „Na, mien Dochter", seǧǧt Persetter, „dènn seǧǧ. Maǧst du èm lieden un wullt du èm hèbben?" – „Jo", seǧǧt Marieken hēēl liesen achter ehr Schört. – „Na, Kind", seǧǧt de Ōl', „dènn Gott s' Segen dortō.

Du kriğğst ėn gōden[X50] Mann, un hē is ni[X20] mit di bedrogen. Un wi Ōlen köönt|*können* nu ruhig[X52] unsen griesen Kopp doollėggen. Dėnn is dat gōōt[X50], nu goh man wedder[X41a] an dien Ârbeit. Dat anner will ik wull in de Rēēğ kriegen|*regeln*. Un Kloos wârrt dėnn ōōk wull sülben komen un sik dat Jo-Wōōrt vun di holen." – Marieken steiht nu op un lett ehr Schört fâllen; un sē wēėnt noch, un richtig|*würkli*! Ehr lütt[M3] bruun[M3] Gesicht is hēēl glȫhnig, un ehr Hatt ōōk. Un sē foot dėn Ōlen um un küsst ėm un ōōk de ōl' Marieken. – Un de Ōōlsch seğğt: „Uns' lēve Herrgott segen|*segne* di un beschēēr|*beschere* di *(MäJ1b.115)* âllns Gōde[X50]." – Un wėnn ēēn de Sook nau|*genau* nimmt un bi Licht bekickt, is hē dor ni al lang bi? Un hangt sien Himmelsdau ni hell un kloor un rein an sien Ōōğappel|*Liebling* vun Dēērn un sien Gottskind? – Un dat anner besorğt|*erledigt* de ōl' Persetter*.

Du,

Ditschi-Platt,

tru di wat!

Aussprachehilfen für ō, ē, ȫ, â, ė, ƀ, ġ, ğ, ğ: siehe Seite 5 UND Buchdeckel!

Kapitel 8

(MäJ1b.116 – Kiek ōōk MäJ1a.116!)

Dėn annern Sünndağ över acht Dooğ is dat dėnn sō wiet, dėnn schåll Kloos komen un sik sülben dat Jo-Wōōrt holen. Un hē kummt dėnn ōōk richtig|würkli an, hēēl allēēn un hōōch tō Peer, op sien Blessen, dē dōmools krank wēēr, nu over sō stolt löppt, as wėnn ėm sien Dooğ nix|noch nie etwas fehlt hett. Hē kaut un schüümt op dat Bitt vör luter Wehl|Lebensfreude un Övermōōt. Ėm stickt de Hover in dat blanke Fell, datt hē gēērn mool wedder^{X41a} dörgung|durchginge, wėnn hē blōōts kunn|könnte. Over Kloos wēēt ėm nu tō hâltern, un sō mutt hē wull hėn, wō hē ėm hėnhėbben will, nöömli|nämlich no sien lütt' Bruut Marieken. – „Nu kummt hē, un dat|und zwar op sien Blessen", seğğt de ōl' Marieken, dē an't Finster sitt un oppasst. – As lütt' Marieken dat hōōrt, wârrt ehr Gesicht wedder över un över rōōt, as mit Füür övergoten. Un ehr lütt^{M3} Hatt geiht ehr as ėn Lammerstēērt, wėnn sōōn Krööt|Knirps vun Tittlamm|Milchlamm suğğt un vör Lust ni^{X20} wēēt, wat't âll opstellen|anstellen schåll. – „Dėn Blessen mööt^{X61}|möö'|müssen wi man sō lang in de Bōōs|in dėn Kōhståll *(MäJ1b.117)* trecken", seğğt Persetter*. – „Dat is ōōk wohr", seğğt ōl' Marieken, „dor heff ik noch gor ni an dacht." – Nu höllt de lütt' Brüdigam ōōk al vör de Döör. Persetter geiht ruut, seğğt ėm ›Gō'n^{X50} Dağ!‹ un hölpt ėm dat Peerd no de Bōōs. „Binn ėm man hōōch un seker an", seğğt Persetter, „datt hē ni mit'n Fōōt över'n Hâlterrēēp|das Halftertau pedd. Ik will ėm ėn Muulvull Hau vörsmieten, wō hē sō lang Tietverdriev an hett." – Dat kummt tō Schick un dėnn goht|gehen de beiden rin, no de ōl' un lütt' Marieken. – Un de lütt' Marieken is noch hēēl glōhnig, inwennig un butenwennig. Un dat lütt' Puckerhatt kloppt ehr jümmer duller, datt dat meist tō hören is, sō geiht dat sien Sook an|so ist es beschäftigt! Un ehr linke Hand hett sē op de Kommōōd stütt un grabbelt un speelt mit ehr lütt' Schēēr rum, dē dor op liğğt. – „Gō'n[X50] Dağ, Medder[X14]|Mȫhm", seğğt Kloos tō de ōl' Marieken un gifft ehr de Hand, un: „Gō'n[X50] Dağ ōōk, Marieken", seğğt hē tō de lütt' Marieken un gifft ehr ōōk de Hand un kickt ehr an (un sē mağ ėm knapp ankieken), „un ik schâll ōōk grȫten vun Voder un Mudder", seğğt hē. – „Dank ōōk", seğğt ōl' Marieken, „sett di dool!" – „Jo", seğğt Kloos (un hē süht dor meist wat benaut|nȫtentrȫȫsterig bi ut, liekers hē ėn strammen un schieren Bėngel is), „ik will de Sook gēērn gliek in't Rein bringen. Ȫhm un Medder wēēt|wissen je al, worum as ik hier bün, un Marieken wēēt|weiß dat ōōk je." – „Jo", seğğt Persetter*, „wi wēēt|wissen Beschēēd, un (MäJ1b.118) Marieken will dien Fru wârrn. Ni[X20] Marieken?" – „Jo", seğğt dē hēēl sachten|sanft un kickt vör sik dool un speelt noch jümmer in Gedanken mit de Schēēr. – „Nu hest du't je sülben hȫȫrt", seğğt Persetter, „un, mien Söhn, du büst ni mit ehr bedrogen, un sē ni mit di. Behȫȫlt|Behaltet sik|ju[X08] dėnn lēēf un in Ēhren bet an jüm|juun[X03] Dōōd, un uns' Herrgott segen|segne jüm|ju[X02]. Nu sett di dėnn dool, Kloos, un du, Marieken, mook uns nu ēērst ėn Tass tō drinken." – „Un dat schull ik Marieken as Gottspėnn* geben", seğğt Kloos, „›op Ech|Ēh un Tru‹, hebbt Voder un Mudder seğğt." Un hē gifft Marieken ėn Sâlmbōōk hėn, mit ėn Samtdeckel op un ėn gollen[M4a] Slott an. „Un bi ēēn Gesang hett Mudder ėn Leestēken|›Lex‹ rinleğğt, bi Nummer 671; ik schull[X62b]|sollte bestellen, dat wēēr|wäre ėn Andėnken an ehr." – „Dank ōōk!", seğğt lütt' Marieken un geiht no ėm ran un foot ėm um. Sē gifft ėm ėn Kuss un seğğt: „Dat is mien Gottspėnn!" Kloos is dormit tōfreden, wėnn hē ōōk över un över rōōt wârrt, as wėnn hē sik schoomt, datt Ȫhm un Medder dat sēhn hebbt. – Dat hett uns' lēve Herrgott nu wull sō vörhatt, un wō dē sien Segel|Siegel un Stempel opsett, sōōn Verdrağ mutt wull dörstohn|halten un gellen op ēwige Tieden.

Aussprachehilfen für ō, ē, ȫ, â, ė, ƀ, ğ, ğ, ğ: siehe Seite 5 UND Buchdeckel!

Nu fangt|geiht over ėn Tiet an för de beiden Bruutlüüd, wō ėn Minschenkind mėnnigmool de lēven[X59] Ėngeln in' Himmel singen hȫȫrt un wō ėm dėnn mėnnigmool meist Hȫren un Sēhn vergeiht! Un dē sik an sōōn *(MäJ1b.119)* Ėngelskind anlöhnen|anbucken kann, as de lütt' Marieken ēēn is, an sōōn Ėngelsgesicht, sō wârm un sō wēēk, jo, dē bruukt de annern Ėngeln ōōk gor ni[X20] tō hȫren, dē hett an dissen ēēn vullkomen nōōğ. Jo, dat is ėn Tiet, un dē sōōn Tiet an sik sülben beleevt, dē kann unsen Herrgott ni nōōğ danken, datt hē uns vun sien Ėngeln ēēn afgifft|afsteiht un hē süm|ehr[X05] ni âll bi sik in sien hȫgen Himmel behȫllt. Wat schullen[X62b]|sollten wi ârmen Minschenkinner hier op'e Ēēr wull anfangen, wėnn dat hier ni ōōk sōōn Ėngeln gēēv|gäbe. Un mi kann dat blōōts bet dēēp in de Sēēl duren|lēēddōōn, datt hier ōōk sōōn Nickels|Dummköpfe mit rumlōōpt|rumlaufen, sōōn Âllmannsfrünnen|Jedermannsfreunde un … (Gott vergeev|vergebe mi âll mien Sünnen! Bâld|Meist hârr ik wat seğğt.) Nä, wo[X30] is't mȫȫğli!

Na, ik seğğ jüm|ju[X02]: De Kloos un dat Mariekenkind sünd överglückli! Jüm|Ji|Ju[X01] schullen|solltet süm|ehr[X05] blōōts mool sēhn, wėnn de beiden allēēn sünd, wo süm|se[X04] sik fiechelt|streicheln un snutelt|küssen. Un dat smeckt je no mēhr, un jümmer no mēhr, un je länger, je sȫter!

Kiek, dor sitt hē, un dor sitt sē:
Hē op de Bank, sē op sien Knēē.
Ehr Puckerhatt,
wo tuckert|klopft dat,
wo puckert|pocht dat,
wo kluckert|schmust dat! –
        Wo still! *(MäJ1b.120)*

Süh, dor sitt süm|se, hē op ehrn Schōōt.
De Fiechelmund|Kosemund, wo wârm un rōōt!
Wo[X30] nütert|zärtelt kindlich hē!
Wo snütert|snutelt sē!
Wo fiechelt|liebkost hē!
Wo kiechelt|kichert sē!
      Herr Jē'!

Dat Puckerhatt, wo kluckert dat!
De Fiechelmund wârrt gor ni[X20] satt:
Koomt sik tōmȫȫt,
ohn datt hē't wēēt,
sō wârm, sō hēēt|hitt,
wo smeckt dat sȫȫt!
      Wo sȫȫt!

Dor kann ēēn richtig de Mund bi wötern|wässrig wârrn! – Un âll' Sünndooğ tōminnst kummt hē op sien Blessen anrieden|angeritten. Un lütt' Marieken passt ėm dėnn al af un kloppt sik in de Hannen|klatscht, wėnn sē dėn Blessen man süht. Un dėnn geiht dat lēve Leben vun vörn wedder[X41a] lōōs, un ... dat is ōōk gor tō sȫȫt! – Blōōts mėnnigmool|häufig koomt|kommen Hans-Hinnerk un Appel-Medder sülben mit, süm|se sünd dėnn tō Wogen. Un mėnnigmool kummt Kloos mit'n Wooğ un hoolt dėn ōlen Persetter* un de beiden Marieken af, no sien Huus hėn. Un wėnn dėnn de Ōlen tōhōpen diskerēērt|diskutēērt un vun Köst|Hochzeitsfeier un Geschichten snackt, dėnn sitt de beiden wedder op sōōn hēēmlige Steed allēēn, wō blōōts uns' lēve Herrgott süm|ehr[X05] sēhn kann. Un dėnn freut hē sik över dėn Bėngel un sien Ėngel, un âll de lēven[X59] *(MäJ1b.121)* Ėngeln in' Himmel, dē freut sik mit.

Un de Ōlen hebbt dat bides|derweil sō hild|eilig: „Un gliek no Wiehnachten, in de Stille Week|Karwoche", seğğt Appel-

Medder, „schâll de Köst wârrn|*stattfinden*. Un dėnn schüllt[X62a]|*schööt*|*sollen* dor Muskanten vun Hamborğ her." – „Vergeet dien Wöört ni", seğğt Persetter, „mi dünkt|*ich denke*, dat wēēr passliger, wėnn wi dat lütt un still afgohn|*ablaufen* lēten." – „Wosō[X30], Hans, mēēnst du?", seğğt Appel-Medder. – „Ik heff dor sunst nix gēgen", seğğt Persetter*, „over in de Stille Week? Un dėnn, wėnn wi tōrüchdėnkt|*zurückdenken*, wo[X30] dat âll|*wie alles* hēēl anners hârr komen kunnt, datt uns dor âlltōhōōp ni[X20] no tō Mōōt ween wēēr, un dėnn, wōtō[X31]?" – „Jo", seğğt Appel-Medder, „over mien Jung hett ėn vullen|*gröten* Hoff. Wat worrn|*würden* dor de Lüüd wull över snacken. Dē mēnen|*meinten* an't Ėnn je wull, ik kunn|*könnte* ut luter Knickerie|*Geiz* nix missen|*entbehren*." – „Och, mit jüm|*juun*[X03] Lüüd!", seğğt Persetter*. „Mi dünkt|*Ich meine*, Geld hest du je nōōğ .... Wėnn du nu sōōn lütten Posten utsmēētst|*auswerfen* *würdest* un settst|*setztest* dėn för sōōn poor ârme Gören ut|*dool*, dē ōōk kēēn Öllern mēhr hebbt as uns' Marieken? Dat, dünkt mi, dat wēēr doch passli! Un uns' Herrgott hârr dat sachs för sōōn poor Gottskinner vun Gören an di verdēēnt." – „Jo", seğğt Appel-Medder, „dat lett sik hören. Wat mēēnst du dortō, Hans-Hinnerk?" – „Mi dünkt", seğğt dē, „dat is kēēn dummen Infâll vun Hans. Un wėnn du wullt, schâll mi dat recht ween." – „Wat schullen dat dėnn over man för Kinner (MäJ1b.122) ween?", seğğt Appel-Medder. – „Sōōn|*Solche* finnt|*finden* sik licht", seğğt Persetter. „Nehmt|*Nehmen* wi man Juchen Knack sien beiden, dėn lütten Pēter un de Lieschen; süm|*ehr*[X06] Mudder is nu je ōōk al bi Gott dėn Herrn." – „Dat is ėn Wöört", seğğt Appel-Medder, „dor schâll dat bi blieben! Jēēdēēn Kind schâll hunnert Spēētschen* hėbben; dē will ik bi de Spoorkass för süm|*ehr*[X05] doolsetten|*hinterlegen*. Un dē schüllt[X62a]|*schööt*|*sollen* sō lang op Tinsen stohn blieben, bet de Gören münnig sünd. Dat hett uns' Herrgott richtig|*würkli* an uns verdēēnt! Dėnn wüllt[X63]|*wööt*|*wöö'*|*wollen* wi dat dorbi loten. Dat schâll still afgohn|*ablaufen* un dor schüllt|schööt denn sunst kēēn inloodt|*beden* wârrn as uns' Fründschop|*Verwandtschaft*, un kēēn Musik." – „Mi dünkt|*erscheint* dat sō richtig", seġġt Persetter, „dat is passliger." – „Jo, jo", seġġt Appel-Medder, „recht hest du. Un wi Ōlen sünd al in de Johren, datt wi unsen Herrgott as Fründ hōlen mööt|*müssen*. Dat is en Wōōrt! Un in de Stille Week wârrt de Köst, un dat hier bi uns. Denn bi di, Hans, is dat tō lütt un tō krupig|siet." – „Dor heff ik nix gēgen", seġġt Persetter*, „over as ik seggen wull, in de Kârk schüllt[x62a]|schööt|*sollen* süm|se[x04] doch truut wârrn?" – „Dat versteiht sik vun sülben", seġġt Appel-Medder. – Un dorbi blifft dat denn ōōk.

As nu de Dağ kummt, datt de beiden truut wârrn schüllt|schööt, hett Persetter dat al âllns mit sien ōl' Marieken in de Kârk tōrechtmookt. Grēten ehr Trina un Lēna hebbt süm|ehr[x05] dorbi holpen un Dannenbüsch un Grōōnwârks mit ansteken un henleġġt. Un as süm|se *(MäJ1b.123)* nu ankoomt|*ankommen*, ut Persetter sien Huus, mit âll de Frünnen|*Verwandten*, dō is dat buten al hēēl lebennig. Denn âll sünd süm|se nieschierig|*neugierig* un wüllt[x63]|wööt|*wollen* de Bruutlüüd sēhn. Un dat is ōōk würkli de Mōhğ wēērt: „Sōōn Bruut! In hunnert Johr kriġġt ēēn vellicht sōōn ni[x20] wedder[x41a] tō sēhn!", seġġt ōl' Wrēēsch. – Un as Persetter nu speelt un sungen hett (›*In allen meinen Taten ...*‹) un de Bruutlüüd vör'n Altoor stoht|*stehen*, vör den ōlen ēhrwürdigen Herr Paster mit sien kriedwitten Kopp, dō stellt Persetter sik achter sien Dochter un Hans-Hinnerk sik achter sien Jung, un Herr Paster fangt an. Dat is en ōlen würdigen Mann, un wo[x30] goht em de Wōōr vun' Lief, un wo is dat still un de Kârk doch breken vull! Un de Herr Paster treckt dat nu sō in sien Reed mit ran, datt sē, de lütt' Bruut, je doch ēgentli en lütt' Wēēs|*Waise* is, un doch wedder kēēn, dorum datt[x25] uns lēve Herrgott seġġt hett ›*Ich will euch nicht Waisen bleiben lassen‹* un ehr sōōn ōlen broven[X59] Voder achter'n Rüch stellt hett, ehr ōl' brove Mudder mit den beverigen Kopp ni tō vergeten. Un hē snackt ōōk vun de lütt' Mariekenbruut ehr Mudder, dē buten in de Eck op'n Kârkhoff liǵǵt. Un dē wēēr|*sei* ōōk je ni[X20] vergeten un verloten, as ēēn je al vun buten an ehr Graff sēhn kann, an de Mōōsrōsen|Musch- un den Buschbōōm un an dat Denkmool mit den schōnen Sprōōk|*Spruch* op. Dō is dat en Gesnucker |*Geschluchze* in de Kârk, datt dat buten vör de Döör tō hōren is. Un Appel-Medder lōōpt|*laufen* man jümmer *(MäJ1b.124)* de Tronen sō lingelang de Backen dool, un ōl' Marieken hölpt ehr truhattig bi't Wēnen. Un ōōk Persetter* schufft|*schiebt* sik mit ēēn Hand sien Brill vör'n Kopp un langt mit de anner no sien Taschendōōk. Och, un de lütt' Mariekenbruut; dat Kind hett in sien Leben je wull noch ni veel wēēnt, denn wō[X31] schullen[X62b]|*sollten* sunst âll ehr Tronen herkomen! – Tōletzt fâllt|*fallen* süm|se[X04] denn op süm|ehr[X06] Knēē, as süm|se sik dat Jo-Wōōrt vör unsen Herrgott sien hillig[M3] Angesicht tōlōōvt hebbt|*gelobt haben*, un Herr Paster segent|*segnet* süm|ehr[X05] in. Nu singt|*singen* süm|se noch *„Nun danket alle Gott!"* un goht|*gehen* tō Huus, dat hēēt no Persetter hen. Dor hōōlt|*halten* al âll de Wogens (mit vēēr Peer vör) vör de Döör un âll stieǵt|*steigen* op un fohrt|*fahren* no Appel-Medder hen. Hier eet|*essen* un drinkt|*trinken* süm|se denn wat un snackt|*unterhalten sich* un smōōkt|*rauchen*, un nōōssen|*danach* drinkt süm|se Kaffe. As süm|se Kaffe drunken hebbt|*haben*, kummt Appel-Medder mit sōōn lütten Büdel an. Dor sünd over kēēn Spēētschendolers* in, nä, blōōts Eckern|*Eicheln*, dē sē in' Hârvst âll sülben sammelt hett. „Kinner, Kloos un Marieken!", seǵǵt sē, „koomt nu mit un plant sik|ju[X08] Eckern, ēhr dat düüster wârrt!"   Sē schüdd de Eckern op'n Disch un de beiden sōōkt|*suchen* sik dor jēēdēēn de fief besten manǵut|*heraus*. As süm|se dat doon hebbt|*haben*, goht|*gehen* süm|se denn âlltōhōōp, Mann as Fru, no

Appel-Medder ehrn Wischhoff|*Hausweide*, dē dicht an ehrn Appelhoff|*Obstgarten* liğğt. Un dor plant|*pflanzen* Bruut un Brüdigam süm|ehr[X06] Eckern in, jēēdēēn sien fief, un âll in ēēn Rēēğ. Löcker hett de Grōōtknecht dor al vörher mookt, dat is sō Mōōd|*üblich*. Herr Paster is *(MäJ1b.125)* dor ōōk mit bi, un as süm|se[X04] de Eckern inplant hebbt|*haben*, nimmt hē sien Hōōt af un seğğt: „*Sowie hier dereinst unter dem Segen des allmächtigen und allgütigen Gottes diese Eichen wachsen und grünen werden, so möge fort und fort blühen dieses Hauses Glück und Frieden*", un hē wiest mit sien Hand no dėn Appelhoff hėn, „*und die heiligen Ölzweige um seinen Tisch her! Amen.*"

Un Herr Paster sien Segen is wohr worrn. De Ēken|*Eichen* sünd richtig|*würkli* wussen, âll teihn. Ik heff dē noch sülben mit mien ēgen Ōgen sēhn. In dėn ēēn Ēēkbōōm hârr noch ėn lütten Kattēker|*Eichhörmchen* sien Nest buut. Vėllicht stoht|*stehen* süm|se dor je noch, un dat süht richtig schöön ut, wėnn ēēn sik dor sō wat bi dėnken kann un sunst noch allerhand. Dėnn sō ruuğ|*rau*|*narbig* un rubberig|*rubbelig*|*uneben* un knasterig|*astig*|*knorrig* sōōn Ēken ōōk sünd, wō kann sōōn lütt[M3] Ding vun Kattēker wull sekerer un beter wohnen, un wo[X30] nüüdli süht dat ut! Ēēn|*Man* kann sik dor in' Stillen orri[X90]|*tüchtig* an högen|*(er)freuen*. Un dėn Hoddboor|*Storch* vun Persetter* sien Holtkamp, dėn heff ik ōōk noch sülben sēhn boben op Appel-Medder (wull sėggen, op lütt' Marieken) ehr Huus. Dor hett hē sien Nest, Johr ut, Johr in, un watt[X26] hē mool weğbleben|*utbleben* is, dat kann ik wohrhaftig ni[X20] mool sėggen. Un dē, dē dit vertellt,

dėn is de Mund noch wârm. – Tschüüs!

Ansinnen der ›Meldörp-Böker‹

Die Wörter der ›**Wöhrner Wöör**‹ wurden nicht ausnahmslos **in** Wöhrden aufgespürt. Sie wurden **für** die Wöhrdener, Dithmarscher und weitere Interessenten zusammengestellt, datt süm|se[X04] sik beter verwören köönt. Ebenso haben auch die ›**Meldörp-Böker**‹ nur zum allergrößten Teil ihren Ursprung **in** Dithmarschen. Sie sollen aber vor allem **für** Dithmarschen (und darüber hinaus) und seine Platt-Interessenten Lesestoff in korrekt lesbarer Form zur Verfügung stellen. Es sollen auch diejenigen umworben werden, die kaum noch die Möglichkeit haben, sich das Dithmarscher Platt ›einfach so durch Snacken‹ anzueignen, wie es sicherlich wünschenswert wäre. Man stelle sich einen VHS-Kursbesucher vor, der im Anschluss an den Kurs ›dranbleiben‹ will. Geeignete Literatur für Dithmarschen und den genannten Interessentenkreis und sein erworbenes Sprachniveau gibt es praktisch nicht – sofern dem Kursabsolventen etwas an richtiger Aussprache gelegen ist. Die hier präsentierten Texte sollen die Lücke füllen helfen. Zu Grunde liegt die Überzeugung, dass man mit täglich halbstündigem (oder auch kürzerem), diszipliniert lautem Lesen in diesen Texten die Zunge an unser Platt in absehbarer Zeit gewöhnen kann. (Natürlich wäre die gelegentliche Korrektur durch einen alteingeborenen Supervisor, möglichst einen echten Dithmarscher, hervorragend.) Gedacht ist vor allem an Zuwanderer aus deutschsprachigen Landen UND an hier heute Aufwachsende|Aufgewachsene, die mit Plattdeutsch kaum noch oder in zeitlich völlig unzureichendem Maße in Berührung kommen. Inwieweit die Texte auch außerhalb

Dithmarschens nützlich sein können, muss vor Ort entschieden werden.

In den ›Wöhrner Wöör‹ wie in den zugeordneten ›Meldorf-Büchern‹ wird versucht, sich so nah wie möglich an der SASS'schen Schreibweise auszurichten, welche allerdings als fortentwicklungswürdig angesehen und behandelt wird! (Siehe auch Abschnitt Q19 in den digitalen Wöhrner-Wöör, Teil 1!)

Die hier eingesetzte Schreibweise könnte auch schlicht als ›SASS+‹ bezeichnet werden. D.h.: In einer ersten Erweiterungsstufe werden die langen Diphthonge (**die Zwielaute [oᵘ, eⁱ und oⁱ|öᵘ], die sogenannten ›Altlängen‹) in der Form ō, ē und ȫ** durch einen Balken gekennzeichnet, damit sie als Träger ›breiterer‹ Lautung ins Auge springen. (Eselsbrücke: Die langen o's, e's und ö's werden durch draufgepackte ›dithmarscher Kanaldeckel‹ derart gequetscht, dass aus ihnen oᵘ's, eⁱ's bzw. oⁱ's|öᵘ's werden.) Damit heben sich die Zwielaute von den langen Monophthongen (Einlauten [o:, e: und ö:], den sogenannten ›Tonlängen‹, in der Schreibung o, e und ö) zumindest optisch ab. – **Fritz Reuter** schrieb hingegen die Diphthonge deutlich als Doppelzeichen, so z.B. als ›äu‹; ähnlich Kinau als ›eu‹. – Der Mecklenburger **August Seemann** verwendete 1905 in seinem ›Andäu‹ wie Groth|Müllenhoff a, ę und æ für die langen Monophthonge (allerdings nicht sehr konsequent), zusätzlich au, ei und äu für lange Diphthonge (kamen, maken, Sahlen; będen, ęhr, sovęl, Bäk; æwer, kænt, Vægel gegenüber Draußel, klauk, tau; Bein, hei, Leiw; Besäuk, bläuht, Gäus'). – Der Ostholsteiner **Wilhelm Wisser** markierte die Monophthonge mit einem druntergesetzten Punkt, die Diphthonge mit einem draufgesetzten Dach. So finden sich bei ihm die Wörter Ạbend, dạl, Dạler, slạpen, Wạter; bẹten, drẹgen, ẹbenso, Ẹten, vẹl; öwer, söben, Söhn, Tögel, vör {jeweils ö mit Punkt} gegenüber andôn, Bôm, Brôder, klôk, tô; gêrn, hê, mêhr, Stên, Stêrt; Böm, Bröder, Döwel, Malhör, söken {jeweils ö mit Dach}. – Für uns in Schleswig-Holstein kommt eine Schreibung wie z. B. ›ou‹ UND ›ei‹ UND ›eu‹ aus Gründen der Schreibtradition nicht in Frage. Denn für Schleswig-Holstein gilt mindestens seit **Groth und Müllenhoff** eine andere Tradition und seit 1956 **SASS** (von den drei Heimatverbänden NS, HH und SH so beschlossen). Eine Lösung muss in Anlehnung daran gesucht und gefunden werden! – In den internationalen Computer-Zeichensätzen gibt es immerhin <u>eine</u> Möglichkeit, für die drei bei SASS verwendeten Altlängen-Zeichen o, e und ö einheitliche Ergänzungen in Form von ō, ē und ȫ einzusetzen. Diese einzig verfügbaren Zeichen habe ich in der **›SASS-ergänzenden Schreibweise‹** für die Zwielaute herangezogen. – Erst nachträglich ging mir auf, dass schon Otto Mensing in seinen Lautschriftergänzungen die Zeichen ō, ē und ø für die nämlichen Zwielaute verwendete, für ganz Schleswig-Holstein! – Und Peter Jørgensen tat dies zum gleichen Zweck mit ō, ē und ȫ (1934: Die Dithmarsische Mundart von Klaus Groths ›Quickborn‹. Lautlehre, Formenl. & Glossar. Kopenhagen: Levin & Munksgaard, S. 22). Rein zufällig und umso erfreulicher kam es zu einer Übereinstimmung mit der Lautschrift des ›Teuthonista‹ (googlen!); ō, ē und ȫ stehen für die ›geschlossenen (diphthongischen) Längen‹[Jørgensen].

Hinzu kommt bei mir das â für Wörter, die in SASS'scher Schreibweise nach hochdeutschem Schreib- und Lautungsmuster zu leicht kurz gesprochen würden. SASS'sche Wörter wie all, Ball, fallen, Kalf, Anstalt, Garr, Narr, blarren, Barg, narms erhalten in ergänzender Schreibweise das Dach: âll, Bâll, fâllen, Kâlf, Anstâlt, Gârr, Nârr, blârren, Bârg, nârms. (Eselsbrücke: Die a's werden mit

›dithmarscher Spreizern‹ derart gedehnt, dass aus ihnen trotz der zwei Folge-Konsonanten Lang-a's werden.) (Wiederum zufällig eine große Nähe zur Teuthonista: ›â‹ steht dort für ›mittellanges a‹!)

Hinzu kommt das ė, das sonst als ›e‹ nach hochdeutschem Schreib- und Lautungsmuster zu leicht als Kurz-ä gesprochen würde. Diese einfachen e-Zeichen werden in SASS'scher Schreibweise gern in Wörtern wie em, den, denn, hen, Enn, hebben, seggen verwendet, weil sie in vielen Mundarten (dem Hochdeutschen näher) auch als Kurz-ä gesprochen werden. In Dithmarschen und (noch stärker) an der Niederelbe liegt aber zumeist Kurz-i-Lautung vor, deshalb ėm, dėn, dėnn, hėn, Ėnn, hėbben, sėggen. (Die i-Schreibung wie in Finster, Hingst und Minsch würde die zügige Worterkennung häufig behindern.)

Hinzu kommt drittens das ƀ; es soll dort, wo nach SASS ›v‹ geschrieben wird, darauf aufmerksam machen, dass in Dithmarschen eher [b] gesprochen wird oder im Fall von ›ölben, glöben, sülben‹ eher [ölm, gloim, sülm]. (Ein ›v‹ mit aufgesetztem Punkt wäre mir lieber gewesen, ist aber nicht verfügbar.) (Siehe unter ›Schreibweise und Aussprache‹!)

Hinzu kommt viertens das selten verwendete ġ. Es wird eingesetzt, wenn eine harte [g]- oder gar eine [k]-Sprechweise sichergestellt werden soll, jedoch die schlichte ›g‹-Schreibung nicht vor [ch]-Sprechweise schützen würde und k-|ck-Schreibung ›weniger schön‹ wäre. (Siehe unter ›Schreibweise und Aussprache‹!)

Von den Meldorf-Büchern 3.2 und 4.2 Ende 2018 ab kommen noch ğ für [ich]- und ǧ für [ach]-Aussprache hinzu, da sich eine Hilfestellung aus der norddeutschen Umgangssprache langsam verabschiedet; man sagt und hört immer seltener ›Geh' da mal we**ch**!‹ oder ›Ich muss zum Zu**ch**.‹ (ġ wird dadurch teilweise überflüssig!)

Die Differenzierung zwischen den langen Monophthongen und Diphthongen ist für eine saubere Aussprache in Dithmarschen am wichtigsten. Sie ist vielen nordniederdeutschen Mundarten eigen, nicht nur der Dithmarscher Mundart. – Warum differenzierten denn wohl **Groth und Müllenhoff** in Dithmarschen, **Fehrs** im südwestlichen und **Wisser** im östlichen Holstein, **Mensing** für ganz Schleswig-Holstein, die ›**Plattdütschen Volksböker**‹ in Garding und **Kinau** in Finkenwerder, warum differenziert noch heute das 5-bändige ›**Hamburgische Wörterbuch**‹? Im Rahmen der Deutschlehrer-Ausbildung der fünfziger Jahre brachten Ivo **Braak** und Walther **Niekerken** in mehreren Heften der ›Flensburger Ganzschriften‹ ę und Häkchen-ö zum Einsatz. Auch Ulf **Bichel** und Joachim **Hartig** betonten 1981 im Heft ›Niederdeutsch an Volkshochschulen‹ (Hg: Landesverband der Volkshochschulen SH e.V.) für Schleswig-Holstein die notwendige Unterscheidbarkeit der Ein- und Zwielaute (S. 57). Ein Verzicht in der Druck-Praxis wäre, so liest man, nur für Leser zu rechtfertigen, die den Klang ihrer Mundart ›im Ohr‹ hätten (S. 54). Hat das Gros der heutigen jüngeren Dithmarscher den Klang des Dithmarscher Platt verlässlich im Ohr? – Die lautliche Differenzierung ist eben ›kennzeichnend niederdeutsch‹, auch wenn die SASS'sche Grammatik sich nicht zu dieser Wertung durchringen kann. Im Gegenteil wird dort die Differenzierung zwar genauer aufgezeigt (z.B. für e|eⁱ und ö|oʲ|öᵘ, dort auf den Seiten 34 und 37), aber sie wird in der Normal-Schreibweise an gleicher Stelle mit der größten Selbstverständlichkeit endgültig ausgemerzt, was nichts anderes bezeugt als ideologische Festlegung: Was nicht sein darf, …!

Da die mögliche Unterscheidung der langen Monophthonge von den Diphthongen für das Nord-Niedersächsische kennzeichnend ist, sind hier besondere Kennzeichnungen erforderlich! Unser Platt hat ein Anrecht auf Sonderzeichen (auf ›Diakritika‹)! Die Versklavung durch die hochdeutsche Zeichenvorgabe muss aufhören! Das Hochdeutsche würde es auch nicht verkraften, wenn eine ›Rechtschreibreform‹ im Interesse einer (idiotischen) Globalisierung die pünktchenfreie Schreibweise von ä, ö und ü verordnen würde! – Handschriftlich bereitet die ›ergänzende Schreibweise‹ keinerlei Probleme. Und am Computer lassen sich für die eingesetzten Extrazeichen leicht Tasten-kombinationen erstellen. Im Übrigen geht es nur um die Anwendung in Texten, von denen der Schreiber möchte, dass sie von jedermann lautrichtig gelesen werden können.

Im Dithmarscher und Schleswig-Holsteiner Platt bzw. in der zugehörigen Szene sitzt aber offensichtlich mittlerweile weder Kraft noch Saft. Man nimmt auch nach 60 Jahren noch nicht einmal zur Kenntnis, was der Sprache mit der Beschränkung auf die Schreibmaschinen-Tastatur und mit dem Verzicht auf eine Diphthongschreibung verloren gegangen ist. Selbstverständlich nimmt man auch nicht wahr, dass mit der Neuausgabe des SASS im Jahr 2002 die seit 1956 noch erlaubten Sonderzeichen (ę und Häkchen-ö) sang- und klanglos wegfielen. Die plattdeutsche Nomenklatura trägt die Beschränkung auf die hochdeutschen Normalzeichen ideologisch als große Errungenschaft vor sich her, als schrieben wir noch auf der Schreibmaschine. Jegliche Beschäftigung mit dem Thema wird als Sakrileg und Tabu-Bruch nach Seilschaften-Manier ignoriert. M. E. geht nicht nur die Dithmarscher Zwie-Lautung ohne Schreibweisen-ergänzung vor die Hunde. Und warum verweigern wir unseren jüngeren Dithmarschern eine Schreibweisen-Hilfe? Warum wollen wir Schriftliches nicht hilfreich beim Erhalt (oder auch nur bei der Pflege) des Dithmarscher Platt einsetzen?

In Platt-Veranstaltungen kann ich mich langsam des Eindrucks nicht mehr erwehren, als liebe man bei uns das Platt wie das alte Tante-Meier: ›Nä, wat hebbt wi dor doch ållns mit beleevt! Wat wēēr dat doch kommōdig un schȫȫn dormit! Man ȫȫk schȫȫn, datt wi dat achter uns hebbt! In Hȫȫchdüütsch sünd wi nu je liekop mit de annern!‹ Man erinnert sich gern einmal, in Runden, Krinks, bei heimatlichen und Speeldeel-Darbietungen. Auch Jüngere, die es nicht mehr sprechen, werden vereinzelt gesehen, aber … Aber wehe, dem Spaßfaktor wird auch nur für fünf Minuten nicht ausreichend gefrönt! – Wo ist die Diskussion, der ernsthafte Gedankenaustausch über die Zukunft unseres Dithmarscher Platt? Wo ist das ernsthafte Ringen darum, wie man dem Platt weiterhelfen kann? Wo gibt es dieses Ringen und wo gab es dies in den zurückliegenden Jahrzehnten?

Ganz wichtig ist mir die Schulsituation: In Dithmarschen hat man sich seit 1956 nicht an die SASS'sche Schreibweise gewöhnen können. Der Kieler PLATT-Professor Bull war wohl der einzige Dithmarscher, der diese in seinen Büchern einsetzte. Einzelne Schreiber brechen m. H. von ›eu‹ aus und verschlimmern gleichzeitig die Situation durch Ersatz der ›a‹-Schreibung (z. B. in ›Straat‹) durch ›o‹-Schreibung: De Ool mag geern Ool. Groth's und Kinau's (konsequente) ›e‹-Verdoppelung für [e\u2071] ist in Konkurrenz zur ›a, e, ö‹-Verdoppelung bei SASS nicht mehr handhabbar. – Nun kommen aktuell für Schleswig-Holstein neue Schulbücher auf den Markt, auch natürlich für Dithmarschen, und natürlich in SASS'scher Schreibweise. Eigentlich großartig! Aber eben zu kurz gesprungen! Was sollen unsere Dithmarscher Kinder denn von den Schriftbildern ›Been, geel, Kees, negen, Steen, Week, wenen; för, Fröhstück, söven, söken, Windrööd, aftöven‹ lernen? Wenn wir einmal ein, zwei Schuljahre weiterdenken: Eignet sich diese Schreibweise zum eigenständigen Lesen? Da müssten sich doch eigentlich allen Lehrer*innen die Haare sträuben! Wer in der Dithmarscher Plattdeutsch-Szene macht sich darüber Gedanken?

Um nicht falsch verstanden zu werden: Ich bin für die SASS'sche Schreibweise! Aber sie muss und kann auf einfachste Weise tauglicher gemacht werden. In SASS-ergänzender Schreibweise werden nur diejenigen Buchstaben gekennzeichnet, die womöglich anders ausgesprochen werden, als man erwarten müsste: ›grõne Bõhnen, Strotenbohnen, ik mutt dat dōōn, ik heff dat doon, lōpen, fohren – Bēēn, geel, Kēēs, negen, Stēēn, Week – för, Frõhstück, söben, sõken, Windrööd, aftõben‹. Und diese Aufsetzer (Diakritika) lassen sich auch handschriftlich leicht ergänzen! Ebenso problemlos ließen sich ė-, ġ- und b̄-Pünktchen und ğ|ğ̄-Haken setzen ..., bei den Straat-a's könnte man sich mit Kringel-å's behelfen, ohne ein Buch wesentlich zu verhunzen. **Aber es müsste endlich überhaupt ein Fortschritt in der Schreibweise gewollt sein!** Stattdessen **Totenstille**! Den Dithmarschern und den Dithmarscher Kindern den nötigen IQ abzusprechen, ist doch wohl nicht ernsthaft vertretbar, oder? Ist unserem IQ die einfache Erkenntnis nicht zuzumuten, dass bei Zeichen wie ō, ē, ō̄, â, ė, b̄, ġ, ğ und ğ̄ mit etwas anderer Lautung zu rechnen ist, als die ›reinen‹ Buchstaben vermuten lassen?

Zurück zu den Meldörp-Bõkern (Die folgende Aufzählung orientiert sich vor allem an dem bisher digital herunterladbaren ›Band ˙ 1‹.): Natürlich finden sich unter diesen Texten Proben der in Dithmarschen geborenen und aufgewachsenen Klaus Groth, Theodor Piening und Sophie Dethleffs, aber auch der zu- oder durchgewanderten Johann Meyer und Heinrich Johannes Dehning. Es folgen Proben von Fehrs und Wisser aus Ausgaben, die zu Lebzeiten der Autoren noch schreibdifferenziert erschienen. Um dem Dithmarscher Leser Lesestoff aus der weiteren plattdeutschen Welt zu erschließen, wurden dann Texte aus Hamburg, von südlich der Elbe, aus Bremen, ja auch aus Mecklenburg-Vorpommern, aus Ostfriesland und selbst aus Westfalen bis hin zur Grafschaft Bentheim ›übersetzt‹. Reime und Versmaß bildeten dabei besondere Herausforderungen, und nicht alles dürfte wirklich gelungen sein.

Und natürlich ist es nicht jedermanns Vergnügen, olle Kamellen zu lesen. Aber **die Meldörp-Böker** sind ja auch nicht in erster Linie Lust- und Juxbücher, es **sind**, wenn man so will, **Kennenlern- und** mögliche **Trainingsbücher**! Bezüglich Jux und Aktualität kann man nur auf die aktuellen Plattautoren und -verlage hoffen. Vielleicht entdeckt|erkennt ja doch einmal einer von ihnen die modernen digitalen Möglichkeiten zu Gunsten der plattdeutschen Lautung! Die Kundschaft müsste es allerdings wohl wollen!

Was ›unser‹ großes Dithmarscher Druck- und Verlagshaus anlangt, ›unsere‹ ›Dithmarscher Landeszeitung‹ einschließlich: Dort erklärt man sich **außerstande**, Sonderzeichen zu drucken, was ansonsten mit jeder Computer-Tastatur möglich ist. Viel wird über Löcher im ›Netz‹ geklagt, ich klage über ein Loch im Druckwesen. Aber es handelt sich wohl lediglich um **pure Ideologie**, kein Grund zur Aufregung. Liekers schood!

Peter Neuber

Schreibweise und Aussprache

Mit der Aussprache ist man jedenfalls in Dithmarschen auf der sicheren Seite, wenn man zunächst einmal die langen Vokale laut, deutlich und (selbst-)sicher sprechen kann. Zusatzzeichen sollen auf Aussprache-Besonderheiten aufmerksam machen. – Nicht-Dithmarscher sollten an Hand der Beispiele prüfen, in wieweit sie konform gehen können!

„Alt-Längen" (Zwielaute, Diphthonge)

ō, Ō: wie in Englisch „though, soul"

ē, Ē: wie in Englisch „day"

ȫ, Ȫ: wie in „moin", „boy", „Scheune", „Häuser"

ō, Ō, z.B.: mutt ik dat dōōn, is dōōt, Wōōrt hōlen, lütten Stōōt, wō büst du?, rōde Rōsen, grōten Ōōrt, Kōh, Stōhl, Strōh, Mōōr, sōren Wind, Oprōhr

ē, Ē, z.B.: ēēn Dēēl is dorbi, kēēn Tiet, will ik mēnen, de Sēē, hē wēēt dat, ik wēēn, sē nēhm, sēhn, vēēr Bēēr!, an'e Ēēr, gēērn, mēhr, verkēhrt

ȫ, Ȫ, z.B.: bȫös, Füür bȫten, mit beide Fȫöt, drȫög̊, sȫöt, smȫken, dat Ȫver, hȫger rop, fȫhlen, Hȫhner, Anfȫhrer, Wȫör, hȫren, rȫhren, Malȫör

Dagegen die „Ton-Längen" (Einlaute, Monophthonge)

o, O: wie in Hochdeutsch „loben, Sohle, Lohn, Ton"

e, E: wie in Hochdeutsch „leben, Segen, Mehl"

ö, Ö: wie in Hochdeutsch „Öl, höher, fröhlich"

o, O, z.B.: broden as ėn Ool, hėndool, ik heff dat doon, no Kiel, ėn kotten Rosen, Woter holen, gohn, vun' Stoot, Stroot, wo loot is dat?, Goorn, Johr, kloor

e, E, z.B.: Eet! Danz op'e Deel, geel, heff ik vergeten, gifft Regen, bün dor ween, will ik weten, nehmen, Keerl, negen Peer, ėn Beer vun' Beerbōōm

ö, Ö, z.B.: op'n Böhn, fief Glöös, fief Fööt sünd leck, Kööm, sien Söhn, över de Brüch, grölen, Höker, Kööksch, för de Gören, vör de Döör

Das unerwartet lange a vor l+Konsonant bzw. vor r+Konsonant

â, Â, gesprochen [a:] wie in Hd. „Aal, Haar, haben, sagen, mahlen"

âl + Konsonant z.B.: âll, Bâll, drâll, Hâll, krâll, mâll, drüdden Fâll, in'e Fâll, Tâll, hâlf, Kâlf, Kâlk, Quâlm, Hâls, fâlsch, gewâltig, Sâlv
englisch (britisch): calf [ka:f], half [ha:f]

âr + Konsonant z.B.: hârr, Nârr, blârren, wârrn, inkârben, Ârfen, Bârğ, Fârken, Kârk, Lârm, de Wârms, schârp, Fârv, Hârvst, vörwârts
engl.: card [ka:(r)d], dark [da:(r)k], hard [ha:(r)d], sharp [ʃa:(r)p]

Häufig kurz-i-Aussprache in SASS'scher e-Schreibung

ė, Ė wird als kurzes i gesprochen wie in Hd. „in, im, immer"

Die ė- bzw. Ė-Pünktchen sollen mögliche Kurz-i-Aussprache andeuten, wo i-Schreibweise störend wirken würde (dagegen Finster, Hingst, Minsch): hėn, ėm, dėn, dėnn, wėnn, Ėnn, Pėnn! An der Niederelbe ist die Kurz-i-Aussprache noch viel ausgeprägter, z.B. bei R. Kinau und E. Goltz: bit, Wilt, Ilw|Ilv statt bet, Welt, Elv.

ƀ, gesprochen eher als b denn als v

Das Zeichen ƀ soll mögliche b-Sprechweise andeuten, wo nach SASS ›v‹ geschrieben steht.

Bei der Einheits-Mehrzahl der Gegenwart (bt-Beispiele) kommt es zur b-Aussprache durch Wegfall der t-Endung unter Verhärtung des nun endständigen v: ik schuuv [f], aber wi schuubt [b] (SASS: wi schuuvt), hē glȫȫvt dat [ft], aber wi glȫȫbt [b] dat ni (SASS: wi glȫȫvt). – (Ein v mit aufgesetztem Punkt steht leider nicht zur Verfügung.)

Die SASS-Silbe ›-ven‹ wird in der Aussprache zumeist|häufig zu [-b'n] bis hin zu [-m] verkürzt. Darauf soll die Schreibweise ›ben‹ in ölben, sülben, Leben, blieben, Hoben, Spitzbȫben, sȫben, glȫben hinweisen. Herausgenommen wurden z.B. ›broven‹[X59] und ›lēven‹[X59].

ġ, gesprochen als **g** bis hin zum **k** wie in Hd. „Bank"

Die **ġ-Pünktchen** sollen mögliche hart-g- bzw. k-Sprechweise (statt ch-Aussprache) andeuten, wo k-Schreibweise störend wirken würde, z.B. in enġ, lanġ, manġ; wi klooġt ni, wi mööġt dat, jüm dööġt nix, süm leġġt af.

Bei der Einheits-Mehrzahl der Gegenwart (ġt-Beispiele) kommt es zur g|k-Aussprache durch Wegfall der t-Endung unter Verhärtung des nun endständigen g: ik klooġ [ch], aber wi klooġt [g|k], hē leġġt [cht], aber wi leġġt [g|k]. – Früher wurde überhaupt endständiges -ng zumeist –nġ (enġ) gesprochen, heute eher wie im Hochdeutschen nasaliert.

ğ, ğ, gesprochen als **ch**-Laut, als ich bzw. ach, **iğ** bzw. **ağ**

Ab Ende 2018 sind **ğ** für [ich]- und **ğ** für [ach]-Aussprache hinzugekommen, da sich eine Hilfestellung aus der norddeutschen Umgangssprache langsam verabschiedet; man sagt und hört immer seltener ›Geh' da mal we**ch**!‹ oder ›Ich muss zum Zu**ch**.‹

Ditschi-Platt?

Tru di dat!

Weitere Aussprache-Hinweise

Das **g in der unflektierten Endsilbe -ig** (flietig, gnadderig, gresig, hungerig, ieverig, wēnig) wird i.d.R. nicht mitgesprochen! (Aus gleichem Grund wurde das ch in -lich stets weggelassen, so auch in nich > ni.)

Doppel-**gg wird häufig nasaliert** (so in: liggen, sėggen, lėggen).

Sprich das r hinter langem Vokal als nachklingendes a:
Mit der Aussprache steht man in Dithmarschen noch fester, wenn man selbstbewusst nachklingendes a statt r spricht: **[e:ᵃ]**, de Peer [pe:ᵃ], ehrn Brōder [e:ᵃn], smeren [sme:ᵃn]; **[eⁱᵃ]**, hē wēēr [weⁱᵃ], wi wēērn [weⁱᵃn], lēhren [leⁱᵃn]; **[i:ᵃ]**, Tier di ni sō! [ti:ᵃ], de hieren Lüüd [hi:ᵃn]; **[o:ᵃ]**, dor [do:ᵃ], de doren Lüüd [do:ᵃn], wi fohrt [fo:ᵃt], fohren [fo:ᵃn]; **[oᵘᵃ]**, dat Mōōr [moᵘᵃ], Ōhr [oᵘᵃ], Ōhren [oᵘᵃn]; **[u:ᵃ]**, Buur [u:ᵃ], Buurn [bu:ᵃn], suren Appel [su:ᵃn]; **[e:ᵃ]**, Milljonäär [mil-scho-nä:ᵃ], Määrken [me:ᵃ-kᵉn], twēē Fähren [fe:ᵃn]; **[ö:ᵃ]**, dör de Döör [dö:ᵃ], de Gören [gö:ᵃn]; **[oⁱᵃ]**, Klōōr [kloⁱᵃ], hȫren [hoⁱᵃn], fȫhren [foⁱᵃn]; **[ü:ᵃ]**, düür [dü:ᵃ], düren Kroom [dü:ᵃn]

AUCH **er-Endungen** werden in aller Regel als kurzes a gesprochen!

Sprich sp & st gern englisch aus, wie ›spitzen Stēēn‹, auch wenn die hochdeutsche schp- und scht-Aussprache weit, weit vorgedrungen ist! Sprich wie engl. space, to speak, speed, to spin (platt: spinnen), spy, stair, Stalker, to stand (platt: stohn), to stay, star, stead (platt: Steed), steel (platt: Stohl), to stop, stuff, style! Oder sprich **sp & st** zumindest nicht hochdeutsch mit breiter Zunge, sondern mit der Zungenspitze!

Sprich das s in sl, sm, sn und sw, gern englisch aus, mit scharfem **s**, auch wenn die hochdeutsche schl-, schm-, schn- und schw- Aussprache weit, weit vorgedrungen ist! Sprich wie engl. to **sl**eep (platt: slopen), smith (platt: **Sm**itt), to smoke (platt: **sm**ȫken), **sn**ack, snow (platt: **Sn**ēē), to swear (platt: **sw**ȫren), to swim (platt: **sw**immen), swet (platt: **Sw**ēēt), to swing (platt: **sw**ingen) Oder sprich das **s** in **sl**, **sm**, **sn** und **sw** zumindest nicht hochdeutsch mit breiter Zunge, sondern mit der Zungenspitze!

Sprich aber **schr** mit hochdeutsch-breiter Zunge! Vergleiche die Entwicklung im Englischen: **schr**open (engl.: to scrape; hd: schrap(p)en), **Schr**uuv (engl.: screw; hd: Schraube), **Schr**ift (engl.: script; hd: Schrift), **Schr**iever (engl.: scribe; hd: Schreiber)

Sprich jedes j wie in Journalist! – Jack, Jäger, Jakett, jammern, jaulen, Jebensteed, jēēdēēn, ji, jo, jogen, Johr, Jökel, Juckelie, jüm, jümmer, jung, Jung, jüst; Kinjēēs, lojēren, …

UND: Jedes eigenständige unbetonte ›**je**‹ (hochdeutsch ›*ja*‹) wird ›**je**‹ gesprochen, d. h. **j** wie in ›Journal‹, **e** wie hochdeutsch ›immer‹!

Sprich jedes lange ä (in offener Silbe) und **ää, äh** wie **e, ee, eh!** – Beispiele: hē dä|lä|sä, Ägypten, wat Ähnlichs, Gräver, Jäger, Städer, Andrääğ (Bedrääğ, Bidrääğ, Opdrääğ), Slääğ (Afslääğ, Anslääğ, Beslääğ, Opslääğ, Umslääğ, Utslääğ), wi dään|lään|sään, dääğli, däänsch, Tähn, Fähr, nährig, gefährli, wählen

Ditschi-Platt?

Truut sik dat!

Wörter mit Kennmarken

M3: ENDUNGSLOSIGKEIT DER UNBESTIMMTEN FORM DES SÄCHLICHEN ADJEKTIVS, Z.B.: sien geel^{M3} Hèmd, èn kōōlt^{M3} Lock, dumm^{M3} Tüüğ, fein^{M3} Tüüğ, bi siet^{M3} Woter, bi hōōch^{M3} Woter, èn hâlf^{M3} Dutz, mien stuuf^{M3} Mess, sōōn lütt^{M3} Göör, èn fett^{M3} Swien, schȫȫn^{M3} Wedder, natt^{M3} Wedder, in smuck^{M3} Papier; BEISPIELE FINDEN SIE IN TEIL 1 DER ›WÖHRNER WÖÖR‹ (WWW .WÖHRNERWÖÖR.DE): **M3** (M31, M32); ODER **SURFEN SIE** DORT IN DEN **TEILEN 2, 3** (A-K BZW. L-Z) MIT ›**M3**‹, UM ÜBER 300 IN DER LITERATUR BELEGTE BEISPIELE AUFZUFINDEN!

M4: ENDUNGSLOSIGKEIT WEITERER ADJEKTIV-FORMEN

M4a: ADJEKTIVE AUF -EN VERZICHTEN IN DER REGEL AUF DIE FLEXION: ēgen^{M4a}, ėben^{M4a}, open^{M4a}, gollen^{M4a}, begoten^{M4a}, tofreden^{M4a}, verschēden^{M4a} (I.D.R. OHNE M4A-KENNZEICHNUNG).

M4b: ADJEKTIVE AUF -ERN VERZICHTEN IN DER REGEL AUF DIE FLEXION: iesern^{M4b}, sülvern^{M4b}, tōrüchhōlern^{M4b} (I.D.R. OHNE M4B-KENNZEICHNUNG).

M4c: ADJEKTIVE AUF -IG VERZICHTEN HÄUFIG, ABER NICHT IMMER AUF DIE FLEXIONSENDUNG -ge|n: wēnig^{M4c}, lichtlevig^{M4c} (I.D.R. OHNE M4C-KENNZEICHNUNG).

M4d: Einige häufig gebrauchte ADJEKTIVE ›LIEBEN ES‹, OHNE FLEXIONSENDUNG AUSZUKOMMEN, OHNE -e UND AUCH OHNE -en: ōōl^{M4d}, lütt^{M4d}, hâlf^{M4d}, beid^{M4d}; ODER AUCH EINFACH: ōl', lütt', hâlf', beid' ODER SUPER KORREKT ōl', lütt', hâlv', beid' FÜR ōle|ōlen, lütte|lütten, hâlve|hâlben, beide|beiden (I.D.R. OHNE M4D-KENNZEICHNUNG)!

Regionale Besonderheiten des Platt
um Wöhrden herum bzw. in Dithmarschen:

Besonderheiten im Umfeld von persönl. & besitzanz. Pronomen:

X01   **jüm**|ji|ju: *ihr*, *persönl. Fürwort, Mz; auch in Dithmarschen:* **ji**, **ju**; *Literatur-Beispiele finden sich in den* ›Wöhrner Wöör‹, *in den Teilen 2+3 unter* **ihr**[1].

X02   **jüm**|ju: *euch*, *persönliches Fürwort, Mz; anderwärts:* **ju**, **jo**; *Literatur-Beispiele finden sich in den* ›Wöhrner Wöör‹, *in den Teilen 2+3 unter* **euch**.

X03   **jüm**|juun: *euer*, *besitzanzeigendes Fürwort, Mz; anderwärts:* **juun**, **jue**,...; *Lit.-Beispiele finden sich in den* ›Wöhrner Wöör‹, *Teilen 2+3, bei* **euer**.

X04   **süm**|sē: *sie*, *persönliches Fürwort, Mz-Nominativ; zumeist:* **sē**; *Literatur-Beispiele finden sich in den* ›Wöhrner Wöör‹, *in den Teilen 2+3, bei* **sie**[3].

X05   **süm**|ehr: *ihnen*|*sie*, *persönliches Fürwort, Mz-NichtNom.; anderwärts:* **ehr**, **jem**,...; *siehe in* ›Wöhrner Wöör‹, *in den Teilen 2+3, bei* **ihnen**[2], **sie**[3].

X06   **süm**|ehr|ehrn: *ihr*|*-e*|*-en*, *besitzanzeigendes Fürwort, Mz; anderwärts:* **ehr**|**n**; *Lit.-Beispiele finden sich in den* ›Wöhrner Wöör‹, *Teilen 2+3, bei* **ihr**[4].

X07   **sik**|uns: *uns*, *persönliches reflexives Fürwort; anderwärts:* **uns**; *Literatur-Beispiele finden sich in den* ›Wöhrner Wöör‹, *in den Teilen 2+3, bei* **uns**.

X08   **sik**|ju: *euch*, *persönliches reflexives Fürwort; anderwärts:* **ju**; *Literatur-Beispiele finden sich in den* ›Wöhrner Wöör‹, *in den Teilen 2+3, bei* **euch**.

Höflichkeitsform, Verwandte, Nachbarn, weibliches Geschlecht:

X11   **Voder** *in Dithm., sonst* **Vadder**: *Vater*, *in Dithm. früher auch:* **Voler**

X12   **Mōder**: *in Dithmarschen durchaus noch bekannt!:* ***Mutter***; *heute weitestgehend ersetzt durch:* **Mudder**

X13   **Ōhm**: *Kosename,* ***Onkel***, *auch für würdige männliche Verwandte & Bekannte* |*Freunde, hier* ›echte‹ *Onkel:* **Persetter-**, **Hinnerk-Ōhm**; *heute:* **Unkel**

X14 **Medder**: *alter Kosename,* *Tante, auch würdige weibl. Verwandte\Bekannte,*
bei Groth z. B. **Medder(sch|e)**, **Meller(sch|e)**, *auch* **Mȫhm**, *andernorts*
(z. B. bei Mähl) **Mȫȫsch**; *heute wohl allgemein rein familiär:* **Tant(e)**

X15 **Vadder|Vaddersch** *für:* *Pate\Gevatter; in Dithmarschen eher* **Valler|sch**;
Vallerkind = *Patenkind*

X16 GESCHLECHTER-KENNUNG: **Buurvooğt**, **Ȫȫl**, **Toter**, **Binner** *für:* *Bürger-*
meister, (Ehe-)Mann\Vater, Zigeuner\Roma, (Garben-)Binder; —
Buurvȫȫğt-sch(e), **Ȫȫlsch(e)**, **Totersch(e)** , **Binnersch(e)** *für:*
Bürgermeisterfrau, (Ehe-)Frau\Mutter, Zigeunerin\Romafrau, Binderin

Besonderheiten bei sehr häufigen Wörtern:

X20 **ni**: *in Dithmarschen:* *nicht, anderwärts zumeist:* **nich**; *Literatur-Beispiele*
finden sich in den ›Wȫhrner Wȫȫr‹, *Teil 3, bei* *nicht.*

X21 **ümmer**, **jümmer**, *auch:* **ümmers**, **ümmertȫ**, **ümmerlȫȫs**,
ümmerfȫȫrt, **jümmers**, **jümmertȫ**, **jümmerlȫȫs**, ... : *immer*

X22 **ȫȫk** *in Dithmarschen:* *auch, aber durchaus vielfach* **uck** *gesprochen.*

X23 **dȫ** *zeitliches:* *da (damals); häufige Verwechslungen mit* **dor** = *da\dort.*

X24 **datt**: *dass, damit, früher stattdessen in Dithmarschen weit verbreitet:* **watt**

X25 **dorum datt**: *weil; besser ein neuer Hauptsatz; heute weit verbreitet:* **wiel**

X26 **watt**, *anderwärts* **of**: *ob; leider heute zunehmend hochdeutsch!*

X27 **al**, *kurz gesprochen bis zu* **a'**: *schon – (im Unterschied zu* **âll** = *alle)*

Frage- und Bindewörter, großenteils stark gefährdet:

X30 **wo**, **wosück**, **'sück**, **wosück un wodennig**: *wie, alles früher in*
Dithmarschen gängig, heute zunehmend nur noch hochdeutsch! —
wosȫ = *wieso, warum*

X31 **wȫ**, **woneem**; *letzteres früher in Dithm. weit verbreitet, heute weniger,*
Bedeutung: *wo;* — — **wȫtȫ** = *wozu;* — — **woneemför**, **woneemhėn**,
woneemop, **woneemtȫ** = *wofür, wohin, worauf, wozu*

X33   **wokēēn**, **'kēēn**, hd.: *wer (wem, wen)*; *beide Ausdrücke früher in Dithmarschen verbreitet; heute eher hochdeutsche Wortwahl!*

Beispiele kleinerer, eher verschwindender Besonderheiten:

X37   **lücken**, *so gelegentlich in Dithmarschen:* **glücken**; *anderwärts eher wie imHochdeutschen!*

X38   **sund, Sundheit**, *so selten in Dithmarschen:* **gesund, Gesundheit**; *allgemein eher nur wie im Hochdeutschen.*

Weiterhin Regelhaftes zur Aussprache in Dithmarschen *(über den Steckbrief hinaus, z. T. bis in die Schreibweise hineinspielend)*:

X41a   **wedder**: *wieder, in Dithmarschen und anderwärts teils:* **woller**, *auch* **weller** *und verkürzt* **worr**

X41b   **wedder**: *wider, gegen, in Dithmarschen teils:* **woller**, *auch* **weller**; **tōwedder**: *zuwider*

X41c   **Wedder, Unwedder, Dauwedder**: *Wetter, Un-, Tau-, in Dithm. eher:* **Woller|Weller, Unwoller, Dauwoller** *(Ton auf vorletzter Silbe)*

X41f   **Ledder**: *Leiter, Leder; z. B.* **Böhnledder**: *Bodenleiter;* **leddern**: *ledern, in Dithmarschen zumeist:* **Leller, lellern**

X41i > X14   **Medder**, ...

X45 > X11   **Voder**

X46   **Fōder, fōdern**: *Futter (& Heu), füttern, i.Dithm. zumeist:* **Fōler, fōlern**

X50   **gōōt, gōde**: *gut, gute, in Dithmarschen eher:* **guut, gude**; **nix|wat Gōōds**: *nichts|etwas Gutes, i. Di. eher:* **nix|wat Gudes|Gu's**

X52   **Rōh, rōhen**: *Ruhe, ruhen, in Di. auch:* **Ruh, Rauh**; *immer:* **(ge)ruhig**

X53   **drōhen**: *drohen, in der Literatur häufig die noch ›breitere‹ Form:* **drauhen**

X55   **buen** *(hett|worr buut)*: *bauen; in Dithmarschen häufig:* **buden** *(hett|worr buudt). (Siehe i. d. ›Wöhrner Wöör‹, in Teil 1 bei* **B52** *bzw. in Teil 2 bei* **bauen***!)*

X58 sēhn, ik **sēh**, wi|jüm|süm **sēht**: *sehen, ich sehe, wir sehen*; *in Dithmarschen auch häufig (Prs.):* ik **sēhğ** *(wie Prt.!), und* wi|jüm|süm **sēhğt**

X59 **broven** *(die braven ...)*, **lēven** *(die lieben ...): Tendenz geht eher zur* wen- *als zur* ben-*Aussprache!*

X60 *Endständiges d nach langem Vokal spricht man in Dithmarschen häufig nicht mit. Dies gilt vor allem bei Verbformen:* ik **bee'** *statt* ik **beed** *(ich bitte|bat),* ik **tree'** *statt* ik **treed** *(ich trete|trat); aber nicht nur bei Verben:* **Stēē'** *statt* **Steed** *(Stelle|Stätte),* **Lüü'** *statt* **Lüüd** *(Leute). — Auch sonst trifft man in Dithmarschen auf das Weglassen endständiger Konsonanten:* **sloo'**! *statt* **slooğ**! *(schlage!),* **wee'**! *statt* **wees**! *(sei vernünftig!)*

X61 **möten**: *müssen; in Dithmarschen oft:* **möö'n** *(INF),* wi|jüm|süm **mööt** *(Prs); auch Endkonsonanten-Verzicht:* Dat **möö'** wi! Würkli, **möö'** wi?

X62a **schüllen|schölen**: *sollen; in Dithm. oft:* **schöö'n** *(INF),* wi|jüm|süm **schüllt |schööt** *(Präsens); Kons.-Verzicht:* Dat **schöö'** wi! Würkli, **schöö'** wi?

X62b *Präteritum:* **schull**: *ich|er|sie|es solle|sollte;* **schullst**: *du solltest (in Dithmarschen gern:* du **schusst**)*;* **schullen**: *wir|sie sollten, ihr solltet*

X63 **wüllen**: *wollen; in Dithmarschen oft:* **wöö'n** *(INF),* wi|jüm|süm **wüllt|wööt** *(Prs); auch Endkonsonanten-Verzicht:* Dat **wöö'** wi! Würkli, **wöö'** wi?

Weiteres, weniger regelhaft, mehr lexikalisch *(zunächst alphabetisch):*

X71 **Bei**, Mz **Bein**, *so in Dithmarschen:* **Beere**, *sonst eher:* Beer, Beren; *im Unterschied dazu in Dithmarschen:* de **Beer**, de **Beern**: *die Birne, die Birnen; UND:* dat **Bēēr**: *das Bier*

X76 **Iev** *[i:f],* Mz **Ieben** *[i:m], so in Teilen Dithmarschens!:* **Biene**, Mz **Bienen**; *andernorts:* Imm, Mz Immen; **Iebenschuur** = *Bienenunterstand*

X90 **bannig** snooksch, **düchtig** ruutwussen, **orri** vergnöȫğt, **unbannig** behooğli: *Weiter Wörter ähnlich diesen treten bei Mähl als Verstärkungswörter auf, im Sinne von* **sehr**, **außerordentlich**, **tüchtig**, **gewaltig**. *In gröberem Hochdeutsch finden sich vergleichbare Ausdrucksweisen wie* **schrecklich schön**, **wahnsinnig aufregend**.

Grabbelkiste (mit * gekennzeichnete Wörter)

blȫȫd: ›*Bescheidenheit ist eine Zier, doch weiter kommt man ohne ihr.*‹ *Wer bescheiden ist und seine Vorteile nicht rücksichtslos nutzt, gilt vielfach als* ›*dumm*‹. *Das plattdeutsche* ›*blȫȫd*‹ *fiel einer entsprechenden hochdeutschen Bedeutungseinschränkung zum Opfer. Ähnlich erging es dem Wort* ›*dȫȫf*‹, *das ursprünglich schlicht und einfach* ›*taub*‹ *bedeutete.* — **Dackleck**: *Reetdachkante, von der es bei Regen leckt* — **Dortjen**: *Appel-Meddersch wird zu Anfang 4x Trina genannt (bis MäJ1b.023), dann (ab MäJ1b.101) Dortjen.* — **Gottspènn**: *Gabe zur Besiegelung eines Verlöbnisses,* ›*op Ech un Tru*‹ *(op Ēh un …; auf Ehe und Treue???)* — **Hohnenfibel**: *Eine Gruppe von Fibeln zeigte auf der letzten Seite einen Hahn, was sprichwörtlich den Satz zur Folge hatte:* ›*Der ist nicht 'mal bis zum Hahn gekommen*‹. — **Kuursmitt**: *Schmied mit Zusatzbefähigung bezüglich Pferdekrankheiten* — **Lēē**, *Mz* **Lēēn** *bzw.* Sēēs, Sēsen = *Sense, Mz Sensen; in der Marsch* ›*bi't Hauen mit Matthoken un Sich*‹ *kamen in der Kornernte dagegen* ›*Sichen*‹ *oder* ›*Sekeln*‹ = *Ein-Hand-Sensen zum Einsatz.* — **Mēērschuum**: ›*Das Mineral Sepiolith, allgemein auch als Meerschaum bekannt, ist ein eher selten vorkommendes Magnesiumsilikat*‹[Wikipedia] — **Ōken**: *Dachabseite(n), (vor allem der) Dachbodenwinkel (über dem Dachüberstand), auch alle Ecken auf dem Dochboden, die sich noch als Stauraum nutzen lassen* — **Persetter**, ›**Poßetter**‹: *lat. Praeceptor, im Mittelalter und in früher Neuzeit der Lehrer* — **Spēētschen(dolers)**: ›*Speciestaler sind meist Silbermünzen mit ausgeprägtem Kopf- oder Brustbild des Münzherrn*‹[Wikipedia] — **Swevelsticken klȫben**: *Redensart über Mädchen, die nicht zum Tanz aufgefordert werden und zum Zeitvertreib Zündhölzer spalten* —**Toter, Totersch, Toterminsch, Toterkind**: *Zigeuner-*, *Roma-* — **Toterpütt**: ›*Zigeunertöpfe*‹, *schwarze Töpfe, vornehmlich aus Westjütland* — **Tünn** = *Tonne zu 200 Pfund (100 kg)* — **wedder** (= *wieder*): *Aussprache* **woller** *oder* **weller** — **dat Wedder*** (= *das Wetter*): *Aussprache* **Woller** *oder* **Weller**

Peter Neuber

Wöhrner Wöör

Datt ēēn sik beter verwōren kann!
Niederdeutsches Wörterbuch
ut Dithmarschen, för Dithmarschen un …
hochdeutsch – plattdeutsch – digital
Stand: 1. Jan. 2019 oder später – Frie' Woor!

Die ›**Wöhrner Wöör**‹, ›Mutter‹ der ›**Meldörp-Böker**‹, kamen 2001 in Druck, sind aber seit geraumer Zeit als Druckwerk vergriffen. Kenner wissen, dass dies wahrlich kein Wörterbuch nur für Wöhrden war und ist.

Seit mehreren Jahren wurden die ›**Wöhrner Wöör**‹ zum kostenfreien Herunterladen unter der Internet-Adresse www.wöhrnerwöör.de angeboten, nunmehr unter **www.ditschiplatt.de**. Der Umfang ist mittlerweile auf rund 250% gegenüber der Buchausgabe angewachsen.

Die ›**Wöhrner Wöör**‹ haben sich dabei weiterentwickelt, u. a. hat sich die Schreibweise an die Buchstaben-Verfügbarkeit in Computer-Zeichensätzen angepasst. Verwendet wird nunmehr die SASS-ergänzende Schreibweise.

Die digitalen ›**Wöhrner Wöör**‹ bieten gegenüber der Buchform ungleich größere Nachschlage-Möglichkeiten. Da sie im MS-WORD-Format angeboten werden, ermöglicht die WORD-Suchfunktion nicht nur das Nachschlagen entlang der hochdeutsch-alphabetischen Sortierung, sondern:

Sie, lieber Nutzer, können auch plattdeutsche Wörter suchen lassen, auch Bruchstücke von Wörtern, auch unter der Verwendung von Jokern.

In den ›**Wöhrner Wöör**‹ werden zu Tausenden plattdeutsche Wörter aus Fundstellen in dortiger Originalschreibweise zitiert. Dadurch haben Sie die Chance, Wörter aufzufinden, auch wenn deren Schreibweise in Ihrem Lesetext nicht derjenigen der ›**Wöhrner Wöör**‹ entspricht.

Und i.a.R. erfahren Sie, wo ein Wort in seiner jeweils zitierten Schreibweise aufzufinden ist! — Wo erfahren Sie dies sonst noch?

Meldörp-Böker
= Platt-Klassiker für Dithmarschen
(+ Kompetenztraining in Dithmarscher Platt)

Liebe ältere und jüngere und neuere Dithmarscher,
liebe Urlauber in Dithmarschen,
liebe Deutschlehrer und Schüler|innen der Sekundarstufen,
liebe Deutschlehrer- und Germanistikstudenten aus Dithmarschen,
liebe Freunde des Plattdeutschen überall,
die ›*Meldorf-Bücher*‹ enthalten Dithmarscher Platt,
die alte Dithmarscher Sprache, aber *verständlich*
und in geeigneter ›SASS-ergänzender Schreibweise‹,
un dörmit *luut leesbor* un *vörleesbor*!

Besonders auf das mit Freude lesende Dithmarscher ›Bildungsbürgertum‹ haben es die Meldorf-Bücher abgesehen, auf Frauen und Männer, die dem Plattdeutschen schon sehr lange den Rücken gekehrt haben. Sie hatten de facto keinen tragfähigen **Zugang zum Dithmarscher Platt über das Buch**.

Hier ist er jetzt, der Zugang per Buch! – Bitte erwärmen Sie sich nun wieder für das ›**Kulturgut Dithmarscher Platt**‹, das sich bezüglich Wortwahl, Ausdruck, Grammatik und Lautung wahrlich nicht hinter anderen niederdeutschen Mundarten verstecken muss! Es hat eine starke Grammatik und bewahrt vor allem die alte Lautung der langen Vokale in vorbildlicher Weise! Beides können Sie in diesem Buch erlesen, zusätzlich zum Inhalt des Platt-Klassikers. Greifen Sie deshalb zu, lassen Sie sich begeistern und begeistern Sie sich selbst für unser altes Dithmarscher Platt und leisten dadurch einen riesigen Beitrag dafür, dass es nicht restlos verschwindet!

Meldörp-Book 10.1
Joachim Mähl, Toter-Marieken

Joachim Mähl wurde 1827 im heutigen HH-Niendorf als Bauernsohn geboren. Seinen ursprünglichen Wunsch, Pastor zu werden, konnte er nicht verwirklichen. Er wurde Lehrer in Segeberg, dann in Reinfeld. Er starb 1909 in Kiel.

Seine Autorenzeit begann Mähl 1868-1871 mit 4 ›Stückschen ut de Mus'kist‹, mit: ›Tater-Marikn‹, ›Jean‹, ›Fanny‹ und ›Lütj Anna‹. Das erste Stück, Toter-Marieken, ist für uns heute besonders interessant. Es gibt uns wohl Hinweise auf tief wurzelnde Ablehnung der ›Tataren‹ genannten Roma. Es zeigt uns aber auch viel Herzenswärme und nicht die Spur ›blutsbedingten‹ Rassenwahns, auf den wir in unserer Geschichte leider zusteuerten. – Die kleine Zigeuner-|Roma-Marieke und das holsteinische Umfeld, in dem sie tragischerweise aufwuchs, lassen uns einen köstlichen Ausschnitt des Landlebens im frühen 19. Jahrhundert miterleben.

FSC
www.fsc.org
MIX
Papier | Fördert
gute Waldnutzung
FSC® C083411

Zeitfracht Medien GmbH
Ferdinand-Jühlke-Straße 7
99095 Erfurt, Deutschland
produktsicherheit@kolibri360.de